600 NOCHES
DESPUÉS

600 NOCHES
DESPUÉS

LORENA FRANCO

Los hechos y/o personajes de este libro son ficticios. Cualquier parecido con la realidad es pura coincidencia.

600 noches después
Publicado por Kindle Direct Publishing
Copyright © Lorena Franco 2022
Código de registro SafeCreative: 2211042559724
Diseño de cubierta por J. Brescó
Imagen de cubierta ©Lekcej ©Rawpixel ©Grafxart8888/ iStockPhoto

Todos los derechos están reservados

Primera edición 2023

ISBN: 9798358115170

Para J

El crimen no cuenta… Cuenta lo que ocurre,
o ha ocurrido, en la mente de quien lo comete.

GEORGES SIMENON

LAS AZOTEAS DE NUEVA YORK

L as azoteas de Nueva York no solo se nutren de sus vistas, también de sus historias.
Las azoteas de Nueva York están llenas de historias:

Historias de despedidas.

De amores que empiezan. De amores que terminan.

De besos robados.

De conversaciones íntimas al caer la noche.

De revelaciones. Unas más trascendentales que otras.

De cigarrillos y copas de vino.

De almas que ven salir el sol con la misma fascinación

con la que contemplarían un milagro.

De noches fugaces que se evaporan como el humo y se eternizan en el recuerdo.

Y, especialmente, de accidentes.

Las azoteas de Nueva York están llenas de accidentes.

NUNCA TE PROMETÍ LAS ESTRELLAS

En una azotea cualquiera de Nueva York
Noche de Fin de Año, 1999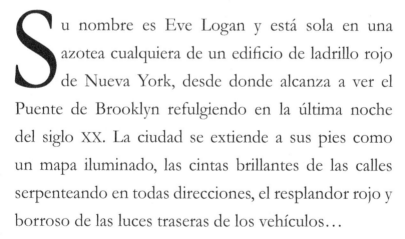

S u nombre es Eve Logan y está sola en una azotea cualquiera de un edificio de ladrillo rojo de Nueva York, desde donde alcanza a ver el Puente de Brooklyn refulgiendo en la última noche del siglo XX. La ciudad se extiende a sus pies como un mapa iluminado, las cintas brillantes de las calles serpenteando en todas direcciones, el resplandor rojo y borroso de las luces traseras de los vehículos…

Eve tiene el cuerpo tan echado hacia delante, que da la sensación de que está calculando si la caída al vacío sería mortal o tendría que vivir el resto de sus días en una silla de ruedas. Absorta y con la mirada opaca, consume el cigarrillo con nerviosismo. Lo lanza al aire y contempla durante escasos segundos su trayectoria, hasta que la colilla es engullida por la oscuridad.

Se oyen voces. Muchas voces. Y se entremezclan diversos estilos de música procedentes de la calle, de apartamentos, de otras azoteas más concurridas. Hasta parece que los nervios puedan tocarse con la punta de los dedos en esta soledad en la que Eve se ha sumido, eligiendo como escenario esta azotea alumbrada por guirnaldas, llena de arbustos y árboles en grandes maceteros de gres. Una vez más, como es costumbre en ella, ha huido del bullicio. Eve dice que le gusta el silencio y que demasiadas voces con complejo de coro de grillos le provoca dolor de cabeza. A casi nadie le extraña que Eve desaparezca de las fiestas. Antes no era así, pero ahora… Bueno, la gente cambia, a pesar de que su trabajo como editora le exige socializar a menudo, dando muestras de una educación refinada y un excelente don de gentes.

Faltan tres horas para dar la bienvenida al nuevo siglo. Últimamente no se habla de otra cosa que del efecto 2000, un apocalipsis digital con nefastas consecuencias que puede trascender más allá de la informática. Otros, catastróficos, aseguran que el mundo está a punto de llegar a su fin, que la Tierra estallará en mil pedazos y dejaremos de existir como les ocurrió a los dinosaurios hace millones de años. Paparruchadas, opina Eve, quien sí presiente que una parte de su mundo va a terminar con la llegada del nuevo siglo, aun teniendo el convencimiento de que el sol seguirá saliendo a la mañana siguiente. Aunque cabe la posibilidad de que ella ya no esté para verlo.

En el momento en que enciende otro cigarrillo, la puerta metálica por la que se accede a la azotea se abre. Y, tal y como se abre, se cierra de golpe provocando un gran estruendo.

Eve da un respingo, resopla y mira con fastidio a Aidan, aunque apenas lo distingue. Al principio, solo ve una silueta recortada sobre el resplandor de las luces de detrás.

—Genial. Ahora estamos atrapados —espeta Eve, señalando la barra metálica que ella misma había colocado para mantener la puerta abierta.

—Aquí hace mucho frío, ¿no? Te estaba buscando. Has desaparecido de la fiesta —se excusa Aidan con aire inocente, encogiéndose de hombros y arqueando las cejas como si jamás hubiera roto un plato, sin darle importancia al hecho de que podrían pasar horas o incluso un día o dos, hasta que alguien suba a la azotea a rescatarlos.

—¿A estas alturas te extraña que desaparezca de una fiesta?

—Ten. Pensé que te apetecería beber algo.

Aidan le tiende una copa de vino. Eve la acepta.

—Nunca digo que no a una copa de vino.

—Lo sé.

Aidan, despreocupado, deja su copa sobre la barandilla. Eve imita el gesto. Se miran con tal intensidad que parece que puedan atravesarse el cerebro. Ya no están en 1997, el año en que todo empezó. El tiempo pasa. El pasado pesa. No es primavera, cuando Nueva York luce espléndida, ni están en las oficinas de una gran editorial repleta de tanta gente como de libros. Ya no hay flechazo, hay distancia. Desconfianza. Miedo. No es el inicio de una historia con tintes románticos como cabría esperar en un hombre y en una mujer solos en una azotea. Es el fin. Hace dos semanas que han roto la relación. Los finales son más agridulces que los comienzos, eso todo el mundo lo sabe, pero este final era necesario. Necesario para Eve. Y ahora están atrapados en lo que a Eve le parece el fin del mundo, por el poco cuidado que ha tenido Aidan. Parece que lo ha hecho a propósito.

Eve oculta el temblor que se ha apoderado de su cuerpo, la sacudida poco placentera en el vientre que Aidan le provoca desde que descubrió la verdad que ha estado intentando evitar estos años. Porque en estos dos últimos años ha pasado de todo, han sido más intensos que muchas vidas. En ocasiones, idealizar algo es la mejor manera de preservarlo en el recuerdo, aunque hay pocas cosas que idealizar entre Eve y Aidan. La realidad se impone y es siempre más retorcida; nuestra memoria, acostumbrada a desechar o a moldear algunos instantes, intenta ahorrarnos la pesadez del dolor.

—Eve, yo nunca… —empieza a decir Aidan, con ese encanto infantil con el que lleva tiempo engañando a todos, dándole la espalda a Eve y cerrando los ojos. Eve coge la copa de vino y le da un sorbo—. Nunca te prometí las estrellas.

«No se puede ser más cínico», se muerde la lengua Eve, deleitándose en el sabor afrutado que el vino le deja en el paladar. En lugar de replicar, suspira y levanta la vista al cielo, al tiempo que Aidan imita su gesto.

Desde aquí apenas se ven las estrellas. Es lo que

tiene la ciudad, que lo contamina todo como algunas personas con las que tienes la mala suerte de cruzarte en la vida. No obstante, Eve es consciente de que las estrellas están ahí, brillando como cada noche con la misión de brindarle su compañía a la luna, sin importarles quién las mira y quién no. Que no puedas ver algo, no significa que no exista. Pasar desapercibida como un fantasma olvidado tiene su encanto. A veces, es lo mejor.

—Pero yo sí te las prometí y las alcanzaste —rebate Eve con voz profunda, los ojos acuosos debido a la culpabilidad que siente ahora al haberle otorgado un poder a Aidan que no merecía. Pero cómo iba a saberlo… Nadie puede adelantarse a las catástrofes, al futuro. Le da una calada honda al cigarro para templar los nervios. Esos nervios con los que ha tenido que aprender a vivir… Nada ni nadie puede pararla, ya que, ¿qué más podría ocurrir? ¿Qué más podría perder si siente que lo ha perdido todo, que no le queda nadie por quien seguir adelante? Así que añade, esta vez con tono melifluo—: Y aun así, no fue suficiente, ¿verdad, Aidan? Nunca lo fue.

La vida solo puede ser
entendida mirando hacia atrás,
pero tiene que ser vivida hacia delante.

SOREN KIERKEGAARD

1

Nueva York
Marzo, 1997

Tuviste que venir a la editorial seis veces para que alguien te hiciera caso. A ti y a tu manuscrito, con un título tan extraño y tan poco llamativo que lo lanzamos rápido al olvido. ¿Cuál era la palabra? No la recuerdo, sé que solo era una, pero…

Bahorrina.

Eso es, sí. *Bahorrina.*
¿Quién quiere leer una novela que lleve como título *Bahorrina*? ¿Puede haber algo más cutre y menos

comercial?

Le pegaba a la historia. Por su significado.

Conjunto de gente ruin y soez.

Así eran todos los personajes que aparecían

en la novela, ya lo sabes.

Oh. Ya, ya.

Cuánta vida interior la de esos personajes, ¿eh?

Inolvidables, sí...

¿Pero por qué ese empeño innato en el ser humano en querer ser aceptado en un lugar que lo rechaza una y otra vez? ¿Por qué no probaste suerte en otra editorial? ¿Por qué tuviste que fijarte en mí, siempre escondida entre manuscritos en mi despacho o, como dijiste la primera vez que entraste, en mi campana de cristal, haciendo honor al brillante título de Sylvia Plath?

No reparé en ti el primer día en el que, con una seguridad apabullante que rara vez se ve en un autor novel, dejaste un montón de folios sobre el mostrador de recepción. Doscientas hojas mecanografiadas por delante y por detrás. Eran fotocopias, pero en ellas se intuían las manchas de café del manuscrito original que guardabas bajo llave. Con una sonrisa deslumbrante, le pediste a la recepcionista que se lo pasara al responsable de ficción. Tú sabías que terminaría en mis manos. Lo sabías. Miraste de reojo hacia mi despacho, el cual, dicho sea de paso, siempre me fastidió que estuviera tan al alcance de cualquiera, tan a la vista de todo aquel que entrara en la editorial, con su cartel grande y negro en la entrada y sus letras tan blancas que, si las miras durante mucho rato, ocurre como cuando miras fijamente el sol, que terminan doliéndote los ojos.

Fuiste uno más entre cientos de aspirantes que atraviesan el ascensor cada semana con el sueño de ser publicados por Editorial Lamber, una de las editoriales más importantes de Nueva York. Lauren, la recepcionista, te devolvió la sonrisa, algo que no hacía con todo el mundo, créeme, y te devoró con la mirada.

Creo que le gustaste.

Ella, como todas, enseguida cayó en tus redes, y, por eso, solo por eso, en cuanto te fuiste llamó a mi puerta y me dejó el manuscrito en lugar de guardarlo en el archivo general al que los editores acudimos en ocasiones, no muchas, con la desesperación de hallar entre las historias ignoradas una joya que publicar.

Cuando damos con ella, que ocurre rara vez, cruzamos los dedos para llegar a tiempo y que no haya otra editorial más avispada a punto de publicarla.

—Este chico tiene futuro, Eve —me aseguró Lauren con una sonrisita pícara. Estoy convencida de que me llevó tu novela porque quería verte con asiduidad, no porque confiara en que lo que habías escrito fuera una obra maestra.

¿Cómo pronosticar algo así?

En Lamber no prometíamos las estrellas a cualquiera, solo a quien podría asemejarse a su brillo, y aun así, todo en esta vida es efímero. Todo. Sin embargo, en cuanto leí el título compuse un gesto de fastidio. Qué horror. No iba a perder mi preciado tiempo leyendo basura. Estaba muy ocupada con los preparativos de la publicación de una de las mejores novelas que habían llegado a la editorial en los últimos años. Era de Scott. Scott Can. ¿Te acuerdas de él? Claro que sí, cómo olvidar al pobre Scott…

2

Nueva York
Abril, 1997

La segunda vez que viniste a la editorial, yo estaba almorzando en un restaurante del Soho con Scott para hablar de su próxima publicación, así que tuviste que conformarte con la sonrisa de Lauren y la visión de mi despacho acristalado vacío.

No podía dejar de pensar en ti, Eve.
Solo te vi a través del cristal, pero…

Cállate. Deja de actuar, Aidan, se te da de pena.

Eve, nada de esto es justo.

Y hace frío, joder.

Yo no...

¡Que te calles, Aidan! Esto no ha hecho más que empezar. Y, ya que por tu culpa estamos atrapados en esta azotea, para más inri la noche en la que le decimos adiós no a un simple año, no, sino a un siglo entero que ha evolucionado a pasos agigantados, vas a escuchar con atención la historia que tengo que contarte. Una historia que, muy a mi pesar, te pertenece tanto como a mí.

No te rendiste. Eso es para las mentes débiles, dijiste una vez, para los que se conforman con las migajas aun pudiéndolo tener todo si fueran más valientes, más seguros de sus capacidades y de sí mismos, más constantes. Los sueños no se cumplen como quien cumple años, se luchan. Estoy de acuerdo, pero, de no haber sido por tus múltiples encantos, habrías resultado tan molesto como un bicho pegado a la suela del zapato.

Lauren estaba encantada cada vez que venías, como

si estuvieras muy seguro de merecer la oportunidad que tantos otros, con más humildad y experiencia, llevaban años esperando. Tú ya sabías que la recepcionista era prima de Martha, la jefa de Lamber, que la había enchufado por compromiso en la editorial, y que si yo me resistía, podrías conquistarla y pisotearme para alcanzar tu meta. A fin de cuentas, yo solo era una intermediaria, ¿no, Aidan? En tu mente retorcida debías de tener un plan B, un as guardado bajo la manga en el que yo habría salido peor parada. ¿En qué momento me volví tan prescindible para ti? No, no digas nada. Sé la respuesta. Pero no adelantemos acontecimientos.

La tercera vez, Lauren te recibió con la misma atención y te animó a que regresaras cuando estuviera yo.

Maldita Lauren…

—Tu manuscrito está en el despacho de la mejor editora de Lamber, así que no te preocupes, Aidan —te aseguró, y, de nuevo, te comió con la mirada. Yo no estaba, pero visualizo la escena como si hubiera estado presente. No te haces una idea de la tabarra que me dio contigo.

Transcurrieron cuatro días. La cuarta vez que viniste, la segunda en una semana, era viernes y no recuerdo con exactitud la hora, pero sí que el cielo era de un color azul intenso y resplandeciente. Nuestras miradas se enredaron un par de segundos cuando salí de mi despacho directa como una flecha hacia mi reunión con Martha. Iba cargada con un par de manuscritos que, a falta de pulir, les vaticinaba un buen futuro. Todavía era impensable que fueras a marcarme tanto, Aidan. A diferencia de Lauren, nunca me consideré una mujer fácil de impresionar por una bonita carcasa. Yo siempre he vivido más en la ficción que en la realidad, y ya se sabe lo que ocurre con lo que es deslumbrante por fuera. Por dentro suele estar vacío. Podrido. Muerto. Es un tema recurrente en la mayoría de novelas. De los personajes más carismáticos y atractivos, casi siempre debes desconfiar.

Por supuesto, hubo una quinta vez. Perdona que no la recuerde, mi memoria no da para tanto. Y a la sexta fue la vencida...

—¿Se sabe algo, Lauren?

Lauren abrió los ojos como platos al verme aparecer detrás de ti.

—¿No te cansas? —te pregunté, dándole un sorbo al café que acababa de sacar de la máquina de la sala de descanso, donde había coincidido con Tom, el editor más machista e insoportable de Lamber, que había estado hablándome de su último gran descubrimiento. Aseguró, con su petulancia habitual, que encabezaría la lista de los más vendidos del *The New York Times*. Me había puesto la cabeza como un bombo, así que mi humor no era el mejor.

—¿Perdón? —inquiriste con una media sonrisa y las cejas arqueadas.

—De venir. De suplicar una oportunidad. ¿Por qué no pruebas en otro lado? Quizá sería conveniente no apuntar tan alto y empezar en una editorial más pequeña —te sugerí.

—Porque mi obra te pertenece a ti, Eve Logan. Solo a ti.

Uau.

Esa voz… Profunda, rota, arrolladora, capaz de provocar que se te saltara un latido.

En ocasiones, no es lo que decimos, sino cómo lo decimos, y tu seguridad era… sí, lo que tu bonita carcasa no había conseguido, lo hizo tu seguridad. Me deslumbró. Pero, a mi favor, diré que lo disimulé bien. No eras un autor más que venía a Lamber a probar suerte, lo percibí en ese mismo instante. Mostraste una gran profesionalidad e iniciativa informándote sobre el personal de la editorial y querías trabajar conmigo. Sin conocerme, ya me conocías, o eso has creído siempre, y, aunque que supieras mi nombre y mi cargo me habría dado bastante miedo en otras circunstancias, me lo tomé como un cumplido.

Señalé mi despacho. Adelante, como si estuvieras en tu casa, te dije sin necesidad de abrir la boca. Pasé por tu lado. El corazón se me aceleró un poquito. Sé que le guiñaste un ojo a Lauren, qué previsible. Una vez dentro, miraste a tu alrededor. Estábamos rodeados de libros, daba la sensación de que nunca habías estado entre tantos sueños impresos. ¿Es que acaso no habías ido nunca a una biblioteca? ¿A una librería? ¿Qué era lo que te atraía tanto del espacio donde yo pasaba más horas que en mi propia casa? ¿De dónde venías, Aidan, cuál era tu historia, la real, no la que inventarías a partir de ese día?

—Puedes sentarte.

—Esto es… —Seguías mirando a tu alrededor con fascinación—. Como el título de Sylvia Plath. Una campana de cristal.

—Con muy poca privacidad —añadí mirando a Lauren. Desde su puesto de recepción no te quitaba el ojo de encima.

—Eso parece —me diste la razón.

Abrí el segundo cajón y dejé tu manuscrito sobre la mesa que se interponía entre los dos.

—Así que es cierto que lo tienes. Has podido leer…

—No —negué—. No lo he leído, no me llama, porque, ¿qué título es este? ¿En qué estabas pensando para titular tu obra… *Bahorrina*? Convénceme para que deje todo el trabajo que tengo atrasado, que te aseguro que es mucho, me lleve tu manuscrito a casa, y lo empiece a leer esta misma noche.

—Bahorrina… —murmuraste, comprendiendo que no es buena idea dejar que una sola palabra hable por ti o te defina, aunque esta comprima el significado de toda una historia—. Eve, ¿alguna vez te has sentido sola y perdida aun estando rodeada de mucha gente? ¿Abrumada por tanta atención y presión, has deseado fugarte, escapar, convertirte en un fantasma?

»¿Esclava de tus acciones, de tus palabras e incluso de tus propios pensamientos? ¿Has experimentado la sensación efervescente que te provoca una persona, una sola, entre tantas, y has llegado a pensar que sacrificarías a toda la humanidad por él o por ella? Has pensado… ¿Has pensado que este no es tu lugar? ¿Que te has equivocado de siglo, de tiempo, de familia…? O, mejor aún, ¿por qué nuestras almas abandonan el limbo y bajan al plano terrenal para encerrarse en un cuerpo destinado a deteriorarse, poseyendo un corazón que late y se emociona y padece? Tú. ¿Por qué eres tú y no otra persona? Yo. ¿Por qué soy yo y no otra persona?

»¿Por qué nos hemos encontrado en este preciso momento y no en otro? ¿Qué es lo que ha ocurrido para que me hayas hablado hoy y no el primer día que vine? ¿Qué pasos hemos dado a lo largo de nuestra vida para llegar a este punto, para encontrarnos en esta campana de cristal en la que a veces crees que estás desperdiciando tu vida? ¿Qué hemos hecho para coincidir? ¿En qué nos convertiremos cuando no seamos más que un recuerdo, Eve?

Tu discurso empezó y terminó con mi nombre. Bien pensado. Y me leíste. Supiste, nada más verme, o quizá indagando, siguiéndome, acosándome en secreto, que estaba sola. Que me sentía sola. Danielle Logan, la gran dama de la novela rosa y mi abuela, me dejó un gran vacío. Hacía seis años que había fallecido, tiempo suficiente para superar su ausencia, pero ¿cómo olvidar a la mujer que, si bien no me parió, me dio la vida? A eso se le sumaba la noticia más reciente que había recibido como si me hubieran apuñalado: enterarme del compromiso de mi ex me había roto. Y tus palabras calaron en mí adquiriendo un sinfín de matices y significados que puede que ni siquiera intuyeras.

Por primera vez y delante de ti, le eché un vistazo a tu novela. Leí la primera frase: Los habitantes de Bushmills estaban locos.

«¿Dónde está Bushmills?», me callé.

Ignoré el título, lo olvidé, porque, en caso de publicarlo, habría que cambiarlo. Comprobé que habías escrito a mano un número de contacto debajo de tu nombre, Aidan Walsh. Era todo cuanto necesitaba.

—Puedes irte, Aidan.

—Gracias, Eve.

Te levantaste y me tendiste la mano que yo, confusa porque creí que ibas a insistir o a añadir algo más, tardé más de la cuenta en estrechar. No, no te lo creas tanto, no sentí fuegos artificiales por rozar la palma de tu mano ni el corazón se me aceleró ni me sobrevino una sacudida en el vientre ni revolotearon mariposas. Cupido no estaba en mi despacho. Eso son cosas que ocurren en la ficción, en las novelas románticas repletas de clichés y flechazos como las que escribía mi abuela, haciendo soñar a sus miles de lectoras más fieles. Tampoco sentí interés por tu acento ni por tu procedencia, pero enseguida supe que no eras americano.

Sabías que me habías causado buena impresión. Que tu discurso previamente preparado me había marcado. Que cada pregunta que emergió sabiamente de tus labios tenía una carga especial para mí. También sabías, lo intuiste en cuanto te despediste de Lauren y entraste en el ascensor sin echar la vista atrás, que esa noche me llevaría tu manuscrito a casa y me adentraría en tu mundo. Sabías, Aidan, lo sabías, que no tardaría ni veinticuatro horas en llamarte.

3

Nueva York
Abril, 1997

En un mundo como el editorial en el que parece que todo está inventado, encontrar una voz única, arrolladora y con personalidad propia que domine el arte de llevar al límite a sus personajes captando la atención plena del lector, es una proeza para los editores. Y tu historia, esa en la que tardé más en dar con el título perfecto que en leerla, era un auténtico diamante en bruto que superaba al mismísimo Scott Can, a quien publicaríamos por segunda vez en dos meses con la que prometía ser la codiciada novela del verano.

Así que eras irlandés. Lo supe por la ambientación,

descrita de una manera sublime, directa, sin necesidad de muchas florituras. De veras creí estar ahí, en Bushmills, una localidad situada en Irlanda del Norte, acompañando a cada uno de tus extraños personajes. A cuál más loco, como prometía la primera frase que leí delante de ti. Viajé, sin moverme de casa, hasta ese aparentemente apacible pueblecito rural irlandés en el que mantener un secreto a salvo es casi imposible. Me pregunté si eras de allí, de Bushmills, o de cualquier otro pueblo cercano.

Los personajes eran sombríos, malvados, vengativos y muy envidiosos... Había mucho resquemor contra las personas, como si el narrador omnisciente hubiera perdido la fe en la humanidad.

Desconfianza. Suicidios. Infidelidades. Celos. Asesinatos. Perversión. ¿Qué te había ocurrido para reflejar tanto duelo, tanto dolor, Aidan?

Era imposible dejar de leer. Era morbosa, absorbente, una prosa hipnótica, sin filtros, sin límites.

«Pueblo pequeño, infierno grande», era una frase que aparecía en quince ocasiones. Quince. Las subrayé. En el proceso de corrección tendríamos que eliminar al menos siete, no conviene ser repetitivo. Sin embargo, interioricé esa frase, especulé sobre ella, la leí en voz alta memorizándola, haciéndola mía, pueblo pequeño, infierno grande, y te visualicé en una localidad como la de tu novela que, o bien se te había quedado pequeña, o quizá se había convertido en tu infierno personal.

No había leído nada tan perturbador desde... ¿Salinger y su guardián entre el centeno? Tuve la tentación de llamar al mismísimo Salinger, uno de los mejores amigos de mi abuela, para contarle que había encontrado una voz más oscura que la suya, más perversa, y que me encantaría que te leyera para conocer su opinión. Pero enseguida supe que no habría sido buena idea, no solo por las comparaciones odiosas debido a la competitividad que a veces hay entre autores y su ego por las nubes, sino porque el genio de las letras se había convertido en un fantasma y vivía alejado del mundanal ruido.

Así que, para liberarme del entusiasmo que me había transmitido tu obra, me conformé con Amy, mi mejor amiga, quien no tenía ni idea del mundo editorial, pero aseguraba ver el aura de las personas desde que tenía uso de razón. Me fiaba mucho de Amy; ella veía a las buenas personas. Y a las malas. Yo, más mundana, veía buenas obras. Y malas obras. Algo menos importante que su don, desde luego, porque si desconfiaba de alguien o tenía dudas, se lo presentaba, como ocurrió con un tipo al que conocí hacía unos meses en un bar.

—Está casado —presintió Amy.

Tenía razón. Estaba casado. Su mujer estaba embarazada de siete meses. Amy nunca fallaba. Pero contigo… no quise hacerle caso. No quise oírla. La perdí. Lo que ocurrió sigue siendo devastador.

Así pues, a media mañana salí del edificio acristalado donde se encuentra la editorial, enfrente de Bryant Park, un pulmón verde de casi cuatro hectáreas rodeado de rascacielos. Me subí a un taxi y, en unos minutos, pasé de estar en el corazón de Midtown, la zona de negocios más importante de Nueva York, con un montón de gente gris, como los definía Amy, ajetreada y trajeada caminando por sus anchas avenidas, al vibrante barrio de Harlem, cuyo atractivo son sus raíces afroamericanas, clubes de jazz y restaurantes, que lleva años tratando de dejar atrás la decadencia de los años 70 y 80 siendo, junto a South Bronx, peligrosos focos de criminalidad y narcotráfico.

El taxi se detuvo frente a la tienda de ropa hippie que regentaba Amy. Era como estar en otro mundo, uno de túnicas largas, floreadas y color, mucho color, en el que nada malo podía ocurrir… hasta que ocurrió.

—¿Y ese brillo, Eve? ¿Qué ha pasado?

Fue lo primero que Amy me dijo, recibiéndome con los brazos abiertos en su coqueto local en el que había tantas prendas y complementos, que no sabías hacia dónde enfocar la mirada. Por un momento, todo cuanto se oyó fue el tintineo de sus pulseras al chocar.

—¿De qué brillo me hablas?

—¡Tu aura hoy es arcoíris! —rio, una carcajada fuerte y feliz, ya que Amy, como su tienda, era luz, era de esas personas que se alegran de verdad y sinceramente por las cosas buenas que les ocurren a los demás. De pocas personas puedes decir algo así, ¿no crees?—. Nora, te dejo al mando de la tienda —le dijo a la chica joven y pecosa con el pelo fucsia que estaba detrás del mostrador—. Me voy con mi amiga a tomar un té.

Amy y yo no podíamos ser más distintas, empezando por la forma de vestir. Amy odiaba el café, mientras mi media diaria estaba en seis tazas al día. Entramos en una cafetería cercana a la tienda de Amy, desde donde veíamos una de las entradas a Central Park. Pedí un café bien cargado y Amy un té verde. Pese al aura arcoíris que mi amiga aseguraba que yo tenía ese día, lo cierto era que las ojeras profundas y oscuras que ni el corrector había sido capaz de disimular, hablaban por sí solas. No había pegado ojo en toda la noche. Terminé de leer tu novela a las cuatro y media de la madrugada. La sensación que me dejó fue... ¿cómo describirla? Te vi en lo más alto, Aidan. Te visualicé como si ya hubieras llegado y yo pudiera anticiparme al futuro. Quise prometerte las estrellas que a muy pocos autores podíamos prometerles, porque las promesas jamás deben convertirse en mentiras, ¿entiendes? Sabes porque te lo digo, ¿verdad?

Eve, yo no...

Shhh... No hables, Aidan.
No hables y déjame seguir
con lo que ocurrió ese día.

Antes de enzarzarnos en una conversación que duraría hora y media, porque con Amy nunca veías el momento de marcharte, un hombre alto, fuerte e impecablemente trajeado, de cabello moreno, piel canela y ojos penetrantes del mismo color que el café cargado que me acababan de servir, entró por la puerta. Los rasgos duros de su rostro que tan bien conocía y que tantas veces había recorrido con las yemas de mis dedos, se dulcificaron al verme. Los míos se endurecieron de puro nerviosismo y el corazón empezó a latirme muy rápido, tanto, que creí que se me iba a salir del pecho. Jared Ramírez, mi única relación seria y estable, el hombre al que conocí en una librería de segunda mano y con el que estuve tres años perdidamente enamorada, se detuvo en la barra y pidió un café para llevar. No me hizo falta oír la comanda, sabía que había pedido un café americano en vaso de cartón para llevar. Hay cosas que nunca cambian. Y también percibí la tensión en sus anchos hombros que no recordaba tan musculosos como se intuía bajo la americana.

—Va a venir. Va a venir —susurró Amy, mirándolo sin disimulo ni vergüenza.

Y Jared, que podría haber hecho como que no nos había visto, vino hacia nosotras. El instante lo rememoro épico, ralentizado, acompañado de una banda sonora melancólica, como si fuera la escena crucial de una película. Hacía dos años que no lo veía, desde la noche del 11 de febrero de 1995, una de las peores que recuerdo, en la que hizo las maletas y se fue de casa. La dejó tan vacía… me dejó tan sola, tan triste. Jared fue mi gran amor. Mi primer y gran amor, y, aunque en la vida tratamos de engañarnos pensando que limitarnos a un solo amor es una pérdida de tiempo y de suspiros, lo cierto es que nos pasamos media vida buscando la misma sensación efervescente en otros labios, en otras caricias, en otras miradas... sin éxito. Dicen que al primer amor se le quiere más y a los siguientes mejor, pero no sé... Yo no he querido a nadie más ni mejor que a Jared. Y nadie es imprescindible, cierto, pero Jared solo había uno... y ninguno como él. Lo sabía porque me había pasado los dos últimos años de mi vida intentando buscar una copia. Una mirada que me recordara a las que él me dedicaba, como si fuera su tesoro más preciado. Unos labios igual de apetecibles y suaves, una boca que me acogiera con la misma pasión con la que lo hacía él, como si cada beso fuera a ser el último, y es que, tal y como Jared decía, con un trabajo como el suyo nunca se sabe.

Estuvimos juntos tres años, hasta que lo ascendieron a inspector y nuestros respectivos trabajos se impusieron y se volvieron demasiado exigentes. Ser los mejores en nuestros cargos nos mantuvo demasiado ocupados como para seguir nutriendo la relación de amor, amor, amor... En una relación solo hace falta amor y el amor requiere tiempo, un tiempo que empezábamos a no tener por dedicarnos a lo urgente aunque no fuera lo importante, ahora me doy cuenta, un tiempo que volaba y se nos escapaba de las manos.

Nos dijimos adiós queriéndonos a rabiar. Pudo no haber sido el final, pero lo fue.

Luego, el tiempo pasa y no olvidas, pero la rutina te engulle y al final nunca llamas, no escribes, no quedas... sigues adelante. Sin él. Aunque duela. Y, a pesar de todo, había sido imposible borrar a Jared. Descubrir que se había prometido me había afectado más de lo que debería haberlo hecho. Siempre quedaba la esperanza de que algún día, en el momento adecuado, volveríamos a recuperar lo que tuvimos. Volveríamos a ser uno. Pero él ya había encontrado a una sustituta con la que, seguro, no tardaría en formar una familia. Estaba enfadada. Injustamente celosa y enfadada con él.

Sí, cuando Jared, tan guapo e imponente como siempre, pagó el café para llevar, se acercó a nuestra mesa, tragó saliva, tensó la mandíbula y respiró hondo antes de decir:

—Qué tal, Amy. Eve... te veo muy bien.

—Estoy muy bien.

«Di algo más, Jared. Con lo que tú y yo fuimos...

con lo que tú y yo podríamos haber sido…».

—Uy, Jared, tu aura hoy está un poco…

—No, Amy, no empieces —le pidió Jared emitiendo una risa seca y breve. Jared y Amy siempre se habían llevado genial y a mí me encantaba que mi novio y mi mejor amiga tuvieran esa relación tan sincera y divertida.

—¿Algún asesinato por aquí cerca, inspector? —preguntó Amy, dirigiendo la mirada al arma que sobresalía de la americana. La confianza con la que le formuló la pregunta me hizo desconfiar, aun sabiendo que Amy era así de abierta y espontánea con todo el mundo. Parecía mentira que hiciera dos años que no se veían. ¿Habían seguido en contacto y yo no lo sabía? Si hacía dos años que yo no había visto a Jared ni por casualidad, ella tampoco debería haberlo visto, ¿no?

—Sí, en un apartamento de la 111, la calle de arriba. Algo muy raro… Está siendo un día duro —contestó Jared cansado, con la voz apagada, y yo no pude evitar suspirar al recordar las noches en las que llegaba a casa con la pesada carga de un trabajo en el que ves de cerca lo peor del ser humano—. Bueno, me tengo que ir. Me ha encantado veros.

Al decir la última frase, solo me miró a mí. Sonrió

tirante, incómodo. Dos años sin vernos y... ¿y esto? Qué encuentro tan frío, qué poco cree que me merezco después de todo, pensé, engullida por la decepción. Y luego se fue, dejando a su paso la estela del perfume que yo le di a conocer.

—Veros... Sí, ya, como si me hubiera visto. Sigue enamorado de ti, Eve. Las miradas no mienten. Y está aún más cañón que cuando lo dejasteis. Los años tratan muy bien a algunos tíos, ¿no crees?

—No, no sigue enamorado. —«Ojalá», deseaba una parte de mí—. Hace dos años que no nos vemos y ha sido muy frío, ¿no? —comenté—. Ni un abrazo, ni un beso... claro que yo tampoco me he levantado —maldije—. ¿Tú lo has visto en estos años? —Negó con la cabeza y le dio un sorbito a su té. No me extrañó. Me había parecido que sí, como si se hubieran visto la semana pasada, pero, como ya te he dicho, Amy solía ser muy abierta—. ¿Has visto el anillo? —seguí dándole vueltas—. Se ha comprometido con una tal Lucy.

—¿Lucy? Jared y Lucy. Lucy y Jared. Mmmm... No, no le pega nada. ¿Y dónde la conoció?

—Por lo visto es la camarera de un restaurante cercano a la comisaría donde suelen ir a comer.

—¿Y tú cómo sabes todo eso si hace dos años que

no os veis?

—Por Charles. Un amigo suyo es escritor y…

—Ahora todos son escritores —me interrumpió Amy.

—Sí, ya, eso parece —reí—. El caso es que me llamó para ver si podía echarle un cable, charlamos un rato y… bueno, una cosa llevó a la otra, y no pude evitar preguntar por Jared. Me contó que estaba prometido, que había sido algo bastante precipitado porque no llevan ni un año juntos. Pero ya hace dos que rompimos, así que… La vida sigue, ¿no? —traté de restarle importancia, encogiéndome de hombros y barriendo el aire con la mano. Pero por dentro sentía un incendio propagándose a toda velocidad y sin control. Volver a ver a Jared así, de sopetón, porque el destino nunca avisa de sus artimañas, había descontrolado mis sentimientos, y eso ocurre cuando no los tienes del todo dormidos. No obstante, la vida sabe lo que hace. Que Jared, de alguna forma, regresara a mí aunque supuestamente hubiera pasado página, tenía su significado. Era una señal. Todo ocurre siempre por algo. Siempre. Pero yo aún tardaría en verlo de ese modo.

—¿Ni un año con la tal Lucy y ya está comprometido?

—Le di un sorbo al café y chasqueé la lengua. Qué decir a eso… qué decir, si en los tres años que estuvimos juntos nunca hablamos de matrimonio, como si la palabra le provocara urticaria, aunque yo lo achacaba a nuestra juventud, dando por sentado que tendríamos muchos años por delante para formar una familia—. Me acuerdo de Charles, lo vi un par de veces y tenía un aura luminosa, especial. Ah, y estaba muy cañón.

—Sí, el compañero cañón de Jared al que le van los tíos —le recordé riendo, tratando por todos los medios de desviar la conversación hacia ti—. En fin, este encuentro rápido e inesperado ha sido… ¿raro? Sí, raro y frío, así que cambiemos de tema, ¿vale?

—Ya, pero no puedo obviar el aura que he visto en Jared.

—Y dale… —resoplé.

—Escúchame, Eve. Está triste. No es feliz. Tú no lo has olvidado. Y es obvio, por cómo te ha mirado, con cariño y nostalgia, conteniendo las emociones, que él tampoco a ti.

Mira, no, por ahí sí que no. Mi vida no era una novela de mi abuela en la que los protagonistas no se olvidan y pueden pasar dos años, cinco, diez, veinte, una vida entera, da igual, porque volverán. Siempre

47

vuelven. Pase lo que pase. Los finales siempre son sencillos, previsibles, felices. La vida real no es así. La vida real es más puta.

—Ha habido un asesinato, Amy, ha estado en la escena de un crimen, claro que está triste —objeté, rechazando su pensamiento inocente y romántico—. Tiene un trabajo triste.

«Lo único que me consuela cuando algo en el trabajo me supera, es pensar que, al final del día, estaré contigo», me dijo una noche en la que un ladrón se dio a la fuga, llevándose por delante a tres viandantes, uno de ellos un niño de seis años, con un coche robado de alta gama que iba a doscientos por hora. Me preguntaba si a la tal Lucy le diría lo mismo ahora que era ella la que dormía entre sus brazos. Un estremecimiento me recorrió la espina dorsal, no solo al recordar lo mucho que me gustaba dormir con él, sino al caer en la cuenta de que no había vuelto a dormir con nadie desde que rompimos. Los amantes ocasionales se iban de mi cama y yo tampoco los retenía, porque no quería que se quedaran a pasar la noche. Dormir con alguien es un acto demasiado íntimo como para hacerlo con cualquiera.

—Vale, como quieras —aceptó Amy.

Entonces, empecé a hablar de ti, Aidan, de las sensaciones que me había transmitido tu obra maestra. Y me di cuenta de que no tardarías en convertirte en mi tema favorito de conversación.

—¿Está más bueno que Jared?

—¿Y eso qué importa? Es escritor, no modelo, no es necesario estar bueno.

—¿Pero está más bueno? La respuesta es simple, amiga, sí o no.

Me reí. Porque era imposible no reírse con Amy. Mira, ¿lo ves? ¡¿Lo ves?! Se me forma un nudo en la garganta cada vez que hablo de ella.

—Son distintos. No podemos comparar a un hombre de ascendencia cubana, cuya piel estaría bronceada aunque no le diera el sol en años, con un irlandés rubio, de cabello ondulado y ojos azules cristalinos como las playas de Cancún.

—¡Ojos azules cristalinos como las playas de Cancún! ¡Menudo símil! El mundo se ha perdido una gran escritora, Eve, tienes los genes de tu abuela y no los has aprovechado para forrarte como ella. Madre mía, qué aura debe de tener el tal Aidan para que la tuya haya pasado de ser azul oscuro a arcoíris… ¡Qué aura! —exclamó, y unos cuantos ojos a nuestro alrededor, como solía ocurrir por la euforia que Amy nunca reprimía, se posaron sobre ella.

4

Nueva York
Abril, 1997

Tuve una breve reunión con Martha, quien lo primero que me dijo fue que el título que habías elegido era una porquería sin sentido.

—Lo sé, lo sé, pero no dejes que te influencie, Martha. Daré con el título perfecto para esta joya, confía en mí.

Después de contagiarle mi entusiasmo por tu novela, asegurándole que prometía ser una de esas obras que pasarán de generación en generación al más puro estilo *El guardián entre el centeno*, me pidió una copia que, tal y como yo hice, devoraría durante una de las madrugadas más duras de su carrera como directora de Editorial Lamber, fundada por su padre en el 63. A Martha, acostumbrada a tenerlo todo con solo chasquear los dedos, parecía no afectarle nada.

Pero nadie es de piedra. Ni siquiera Martha Lamber.

Respiré hondo un par de veces antes de marcar el número de teléfono que habías dejado escrito en el manuscrito. Tu voz no fue la que me contestó al segundo tono, sino la de un hombre con prisas y muy mal carácter:

—¿Aidan Walsh? —titubeé. Se oía mucho barullo de fondo.

—Espera un segundo, no sé si está.

—¡Aidan! ¡Aidan! ¡Aidan, joder, que te llaman! —gritó—. Ya viene.

Oí un golpe que me hizo dar un respingo, el auricular maltratado contra alguna base dura, y, seguidamente, tu voz acelerada, como si hubieras corrido una maratón.

—Buenas tardes, Aidan, ¿te pillo en buen momento?

—Eve. —Dijiste mi nombre en una exhalación. Me reconociste. Eso me gustó. Sonreí—. ¿Qué tal?

—Genial, genial… ¿Oye, te va bien pasar por la editorial mañana por la mañana?

—¿A las diez?

—A las diez perfecto. Hasta mañana.

—Hasta mañana, Eve.

Mi nombre emergiendo de tus labios se quedó anclado en mi memoria durante los siguientes minutos en los que tenía que centrarme en las últimas modificaciones de la novela de Scott que la correctora había enviado esa misma mañana.

Mi nombre sonaba bien en tu voz. Más que bien…

No pude dejar de pensar en ti. En tu novela. En cómo se te ocurrió una idea tan brillante. En cómo lo conectaste todo hasta un final apoteósico e inesperado, y fuiste capaz de dar vida a unos personajes que se te clavan muy dentro como algunos amores, y entonces los pensamientos se entrelazaron y fueron por libre.

Me acordé de Jared, porque hay personas que se te quedan tatuadas en el alma y no hay láser que las elimine ni intentos de «copias» frustradas que las sustituyan. La sonrisa boba que se me había instalado desapareció en el acto cuando, a través de la cristalera de mi despacho, como si por pensar en él lo hubiera invocado, vi salir a Jared del ascensor.

¿Cómo era posible?

No había sabido nada de él en dos años, y ahora lo veía dos veces en un mismo día. Algo no cuadraba.

Era surrealista. Raro. Y que viniera acompañado de Charles y de dos agentes, todos con pinta de necesitar una cabezadita, cuadraba aún menos y significaba que algo iba mal. Ese encuentro no era casual como el de la mañana, no. Había algo más. Y vaya si lo había... Pestañeas y la vida, sin previo aviso, te cambia por completo.

El grupo de policías se detuvo en recepción. Hablaron con Lauren. El gesto de todos era de absoluta gravedad. Jared, consciente de que lo había visto a través del cristal de mi despacho, me miró de reojo y me saludó con un gesto de cabeza pequeñito, casi imperceptible. Me levanté y, con el corazón desbocado, salí. Aún me pregunto cómo fui capaz de dar dos pasos seguidos sin tropezar con algo. Los nervios, ya sabes, te suelen jugar malas pasadas, y yo estaba muy muy nerviosa.

—¿Ocurre algo? —pregunté.

Lauren compuso una mueca de horror, los ojos excesivamente abiertos de espanto y la boca entreabierta.

—Lauren, ¿qué pasa? —insistí, pero la recepcionista se había convertido en un pasmarote sin alma y era incapaz de articular palabra.

—Eve, ¿podemos hablar un momento? —me pidió Jared, de manera profesional y distante, como si no nos supiéramos de memoria los lunares, las manchas de nacimiento y las cicatrices que habitan en nuestra piel. Al mismo tiempo, Charles susurró algo, no alcancé a oír el qué, debió de ser una forma prudente de saludo, y, acompañado de Lauren, que temblaba de pies a cabeza, se marchó junto a los dos agentes hacia la sala donde correctores, maquetadores, diseñadores y un buen puñado de profesionales, convivían separados por cubículos. A los editores, separados del resto de empleados, nos tenían muy mimados en nuestras «campanas de cristal».

Jared se situó frente a mí.

Aspiré su aroma, tan familiar y magnético, que hasta ese momento no me había dado cuenta de lo mucho que lo había echado de menos.

Tragué saliva para deshacer el nudo que se me había formado en la garganta, miré sus labios, seguidamente sus ojos, esos ojos…, y, sin sospechar aún el motivo de su presencia en la editorial, me mareé.

—Eve, ¿estás bien?

—Sí, perdona, es solo que… —«No entiendo nada», me callé—. Pasa, Jared.

Jared entró en mi despacho como había hecho tantas veces en el pasado, cuando éramos una pareja feliz que todos envidiaban. Pero en esa ocasión no sonreía ni me traía mi dosis de cafeína necesaria para aguantar el día...

No, ese día Jared no tenía buenas noticias que darme.

—Cuántos recuerdos aquí.

Jared sacudió la cabeza y emitió un bufido, como si recordar le fastidiara. Tuvo que señalar mi silla giratoria para que yo reaccionara, volviera a mi escritorio y me sentara frente a él. Clavé la mirada en el anillo de compromiso que no se esmeró en ocultar. De nuevo un incendio en mi interior propagándose sin control. A veces creía que era mala. Yo. Mala. Qué ironía. Y pensé en Amy y en lo mucho que me gustaría parecerme un poco a ella, sobre todo para ser capaz de alegrarme por la felicidad de los demás, aunque la felicidad de Jared implicara que no fuera a mi lado.

—Jared, estoy confusa. ¿Qué hacéis aquí? —pregunté, tan temblorosa como había visto a Lauren.

—Es un tema delicado. Hemos venido por el asesinato de esta mañana en Harlem.

Harlem. Cafetería. Jared entrando, provocando que

mi corazón se acelerara hasta límites preocupantes. Amy. El aura. El trabajo triste. La infelicidad. «Sigue enamorado de ti, Eve».

Asesinato. Asesinato. Asesinato…

Las palabras revolotearon en mi cabeza y solo pensaba en que Jared no continuara hablando, porque, hasta ese momento, no había caído en la cuenta de que quien vivía en Harlem era Scott. En el segundo piso del bloque 134 de la calle 111. Scott Can, cuyo manuscrito con las correcciones finales me estaba esperando para que le diera el repaso final antes de enviarlo a imprenta.

—La víctima es…

—No. No lo digas, Jared, por favor, no lo digas.

Si tardaba en decirlo, no se haría realidad. O, mejor aún, que no lo dijera. Que no lo dijera nunca. Que las palabras se le atascaran en la garganta y no emergieran. Porque, cuando tuviera la información en mi poder, sería esa bofetada de realidad en la que ya no hay marcha atrás. De momento, mientras Jared permaneciera en silencio con expresión sombría, recorriéndome el rostro con la mirada como si intentara memorizarlo, Scott seguía vivo y nos reuniríamos al día siguiente para decantarnos por una cubierta o por otra, para revisar el texto de la contraportada, la sinopsis, su foto de autor, en la que siempre posaba serio y reflexivo, mirando a la nada…

Me llevé las manos a la cara y empecé a llorar. Lloré casi tanto como en el funeral de mi abuela, una de las primeras estrellas de Lamber. Lo peor era que no me sentía como una mierda por el pobre Scott, porque en esta profesión aprendes a deshumanizar, pero, joder, me caía bien. Scott me caía bien y todo el trabajo de los últimos meses se iba al traste. Nos quedábamos sin novela del verano y me jodía ser tan estúpidamente insensible al estar pensando en eso y no en él.

—Eve…

—Es Scott, ¿verdad? Scott Can.

Jared comprimió los labios y asintió.

—¿Cómo ha sido?

Jared chasqueó la lengua antes de hablar.

La información era confidencial, pero se trataba de mí. De mí. Cuando estábamos juntos, Jared me lo contaba todo, nunca evitó los detalles más escabrosos de su trabajo.

—La vecina que vive en el apartamento de abajo del de Scott llamó a la policía. Le caía sangre del techo. A Scott le han rebanado el cuello con una crueldad animal.

Tragué saliva con dificultad, sintiendo que la ansiedad me golpeaba en pleno plexo solar.

—¿Han encontrado huellas? —logré preguntar.

—Los de la científica están en ello, pero, dejando a un lado la sangre, parece estar limpio. El apartamento un poco revuelto, en especial su despacho, pero... Como imaginarás, estamos aquí para hablar con el personal que trabajaba de cerca con la víctima. Vi algunos correos electrónicos tuyos, así que por eso he venido, pero no... Joder, no puedo verte llorar, Eve, esto es demasiado... esto es muy personal —farfulló entre dientes, desviando la mirada hacia un punto indeterminado de mi despacho.

Levanté las manos, me deshice de las lágrimas y murmuré:

—Estoy bien. Cuenta conmigo. Hay que pillar al cabrón que le ha hecho eso a Scott...

No era posible. Eso no podía estar pasando. No podía y, sin embargo, Jared, respetando mi silencio, sacó una libreta en la que no llegó a escribir nada y una estilográfica que alzó para que la viera. Y vaya si la vi. Era la que yo le regalé cuando lo ascendieron a inspector. Le estaba durando años. Me dejé medio sueldo en ella, así que ya podía salir buena, ya, y que

Jared la continuara teniendo me sacó una sonrisa que, dadas las circunstancias de su visita, no exterioricé. Pero disimulé, como si no la hubiera visto. Y me tragué la tristeza y la impotencia que sentía.

—El mundo editorial es muy competitivo, siempre me lo decías. ¿Scott tenía enemigos?

—¿Enemigos? Era la persona más dulce del mundo. No. No, en el mundillo era querido, incluso por otros autores. Y mira que se enfadan cuando la estrategia de *marketing* de uno es mejor que la de ellos o por qué este tiene más firmas que yo o la cubierta es más llamativa que la mía y está en un sitio más destacado en las librerías... Parece que siempre estén compitiendo, enrabietándose como niños para ser el centro de atención. Pero con Scott nadie podía enfadarse. Nadie, ni siquiera Martha, la jefa, seguro que te acuerdas de ella. Es… Scott era un ejemplo de humildad y genialidad a seguir. Joder, Jared, ¿por qué él?

«¿Por qué no Theodora Harris, que era la autora más insoportable, cínica y vanidosa de la editorial, a quien no soportaba nadie?».

No era yo la que pensaba. De verdad que no. Era alguien cruel, sin sentimientos ni escrúpulos, que se había tomado a pecho lo de deshumanizar una profesión en la que valían más los números que las letras. Menuda ironía, ¿eh? Un negocio que vive de las letras pensando siempre en los números. Pero, dejando a un lado mis sentimientos contradictorios y viéndolo desde la fría perspectiva del negocio, nos habíamos quedado sin novela del verano. Sin los primeros puestos en el *The New York Times*. Nos habíamos quedado sin entrevistas, sin presentaciones, sin la gira por Estados Unidos y Europa… Habían asesinado a una de las estrellas de la editorial. Con su primera novela, publicada en 1994, cuando yo aún era feliz junto al hombre que en ese momento me miraba como el inspector desconfiado que estaba obligado a ser, Scott había vendido más de cinco millones de ejemplares. Fue traducida a treinta idiomas, esta segunda iba por el mismo camino, y hacía unos meses había firmado un contrato con Warner Bros para llevar al cine su primera obra, que protagonizarían, nada más y nada menos, que Winona Ryder y Keanu Reeves. ¡Me moría por acompañar a Scott al rodaje y conocer a Keanu Reeves! Y ya no podría ser. ¿Con el autor muerto, con qué excusa me presentaba en el rodaje?

—Tú lo sabes por tu abuela, Eve, lo viviste de cerca. El éxito de los demás da mucha envidia, la envidia saca lo peor de las personas y el asesinato de Scott parece algo muy personal. La violencia que el asesino empleó con él es sobrecogedora, créeme, propia de un psicópata o de alguien que lo odiaba.

No sé de dónde saqué fuerzas para continuar hablando, pero le dije:

—Ni el autor de novela negra más despiadado sobre la hoja en blanco es un asesino. Los autores son raritos, sí, pero pondría la mano en el fuego por ellos, Jared. El asesino no está aquí, no está en Lamber.

Jared resopló, frustrado. Se había quedado sin preguntas, pero seguía interrogándome con la mirada. Me cohibía, me ponía nerviosa. No obstante, presentía que esa mirada no tenía nada que ver con el asesinato de Scott, sino con nosotros. En ocasiones, decimos más con nuestros silencios que con nuestras palabras banales.

—Creo que aquí no vamos a descubrir nada nuevo, nada que nos conduzca a su verdugo —confesó, poniéndose en pie y dándome la espalda. Y, entonces, la señal: apretó los puños. Lo hacía siempre que intentaba contenerse. Se dio la vuelta, iba a decir algo, a proponerme una copa, una cena, seguro, porque le brillaban los ojos, pero, finalmente, dirigiendo una mirada esquiva y mal disimulada a su anillo, la lealtad por su prometida pudo más y soltó—: Si te enteras de algo, lo que sea, llámame. —Extrajo una tarjeta de contacto del bolsillo de la americana y la dejó sobre mi escritorio—. Nos vamos ya. Perdón por las molestias, Eve.

—No ha sido molestia. Cualquier cosa, ya sabes dónde estoy.

—Y yo. Quiero decir… —Bajó la mirada y señaló la tarjeta con su número de teléfono. Era el número de un móvil, así que supuse que debía de ser su teléfono personal, no el de casa en el que podría contestarme su prometida, ni ninguna línea directa de comisaría—. Que ya sabes dónde estoy.

Era la segunda vez en menos de veinticuatro horas que había visto a Jared después de dos años. También era la segunda vez que lo veía marchar y una punzada de dolor me atravesó el corazón, al tiempo que una voz interna me susurraba, con la esperanza de poder comunicarme con él telepáticamente: «Quédate. Quédate conmigo. Date la vuelta y mírame por última vez. Que no pasen dos años más. Que nos volvamos a ver pronto…».

Pero Jared no se giró ni volvió a mirarme. No ese

día.

Tenía otro lugar al que ir, otros brazos a los que aferrarse después de una jornada dura y triste de trabajo.

Los lectores de Scott Can se mostraron desolados cuando saltó la noticia de su asesinato. Todos los empleados de Editorial Lamber también estábamos impactados por su violenta marcha. Martha había convocado una reunión urgente a primera hora de la mañana del día siguiente. Algunos creían que, tal vez, Scott sí tenía enemigos que no tenían nada que ver con el mundo editorial. Fue un mazazo, sí, pero un mazazo del que no tardaríamos en recuperarnos, porque enseguida dimos con una solución de lo más efectiva. Insensible e inhumana, pero efectiva. Y es que la peor parte siempre se la lleva el muerto, ¿no te parece, Aidan?

5

Nueva York
Abril, 1997

No pude dormir en toda la noche pensando en Scott. Reviví nuestras conversaciones en la editorial y fuera de ella y recordé lo ilusionado que estaba por la nueva novela. Le había costado años de intenso trabajo tras el abrumador éxito de la anterior, y aun así, me dijo que tenía una tercera obra escrita que estaba deseando enseñarme cuando llegara el momento. Ya iban dos noches seguidas sin conciliar el sueño, aunque por motivos distintos. Al pensar en Scott y en la manera en la que había desaparecido de este mundo, un regusto amargo me ascendía por la garganta. Lo visualizaba inerte, los ojos muertos, sin vida, tendido en el suelo de su apartamento con un halo de espesa sangre manando de su cuello abierto. Así era cómo lo había visto Jared. Una escena horrible, sádica, de las que se te graban en la retina para siempre.

Pensaba que a la mañana siguiente, Martha llegaría a la editorial con el mismo mal aspecto que yo, paliducha, ojerosa y con la ropa mal combinada, pero nos deslumbró con una sonrisa radiante a las nueve y media de la mañana en la sala de reuniones, donde se tomaban las decisiones importantes. El equipo Lamber al completo estaba ahí, incluida yo, con mi inseparable termo de café y la necesidad de apoyar los codos sobre la mesa y sostenerme la cabeza con las manos.

—¡Buenos días! —saludó Martha, lanzando una gruesa carpeta marrón sobre la mesa—. Tenemos novela del verano —anunció triunfal.

En otras circunstancias, todos habríamos aplaudido. Pero la confusión se impuso entre los presentes. La sala se llenó de ceños fruncidos y miradas de reojo en busca de complicidad. Nadie entendía la súbita alegría de Martha, ni siquiera yo, que había olvidado por completo que le había pasado una copia de tu manuscrito.

¿De verdad había novela del verano? ¿Ya? ¿Tan pronto?

La novela del verano era la de Scott Can y Scott Can estaba muerto. No habían pasado ni veinticuatro horas, su cuerpo aún estaba caliente, como quien dice, y la directora y editora jefa de la editorial ya había encontrado un sustituto.

—Seguiremos trabajando en la obra de Scott, por supuesto, las obras póstumas venden mucho, y más en estas circunstancias. Será un bonito homenaje que la publicación siga adelante —aclaró—. Y, además, ha despertado mucho morbo a nivel mundial. Mirándolo por el lado bueno, aunque Scott no esté presente, las cifras se multiplicarán, pero ninguna obra póstuma puede convertirse en la novela del verano. Ninguna —sentenció, repetitiva como acostumbraba a ser, como si por recalcar ciertas frases o palabras penetrara mejor en nuestros cerebros somnolientos.

Apareciste como una ráfaga en mi mente cuando Martha abrió la carpeta, dejando al descubierto tu manuscrito. La novela del verano siempre salía en el mes de junio, por lo que teníamos escaso mes y medio para trabajar en la obra, cubierta, estrategia de *marketing*… Me sentí muy agobiada de repente.

—Gracias, Eve. —Martha empezó a aplaudir clavando en mí sus ojos de águila a punto de cazar a su presa. Todos la imitaron menos yo—. Gracias por darme a conocer esta joya. La novela del verano aún no tiene título, hay que pensarlo, ya que el que eligió el autor es… en fin, es muy poco comercial. Si no hubiera sido por Eve, en quien confío más que en mí misma, jamás lo habría leído. Pero Aidan Walsh va a ser una estrella. Aidan Walsh, a quien estoy deseando conocer en persona, va a superar en ventas, en traducciones y en ofertas para adaptaciones cinematográficas al mismísimo Scott Can.

La reunión duró una hora. Preferiría haber pasado por una operación a corazón abierto. Martha se pasó el rato hablando de tu futuro y venerando tu obra incluso más que yo, hasta el punto de hacerme pensar que estaba exagerando. Al salir de la sala, algunos editores me felicitaron salvo Tom. Antes muerto que reconocer el augurio de un inminente éxito en manos de otro editor que no fuera él. Tom me miró con el desprecio de siempre, machista retrógrado que aún creía que el mundo literario era exclusivo de hombres. Me tenía unos celos terribles que me estimulaban a la hora de encontrar nuevas y brillantes voces de la literatura.

Era joven, era mujer, mi abuela me había enchufado como editora en la editorial que la catapultó a lo más alto, sí, pero era profesional, trabajadora, buena en lo mío, y, durante los años que llevaba en Lamber, había demostrado mi valía con creces, hasta el punto de haber sacrificado mi relación con Jared por llegar a lo más alto y seguir cumpliendo con mi deber. Tom, pese a pensar que si no fuera nieta de quien fui no estaría entre ellos, no me llegaba ni a la suela del zapato.

Un día eres el universo de alguien, como lo fuiste para mí la madrugada en la que me vi absorta en tu obra, y, a la mañana siguiente, dada la intensidad de lo vivido, olvidas la cita que tenías a las diez de la mañana, aun cuando el tema central de la reunión habías sido tú, tú y tú. Me retrasé más de media hora. A ti, ajeno a la desgracia de Scott, no pareció importarte ni un poquito.

—¡Aidan! —exclamé al verte hablando con Lauren, cuyos nervios por el asesinato de Scott parecían haberse disipado gracias a tu presencia. ¿Te acuerdas del tic nervioso que se le instalaba en el labio inferior cada vez que te veía? Qué graciosa. Si te hubiera conocido de verdad, se habría ido a vivir a una cueva para no volver a verte.

—Buenos días, Eve —me saludaste con una sonrisa sincera, sin importarte lo más mínimo el rato que llevabas esperándome.

—Perdona el retraso, ayer ocurrió algo que nadie imaginaba y acabo de salir de una reunión.

—Lauren me lo ha estado contando. —Torciste el gesto y sacudiste la cabeza—. El mundo está loco.

—Ajá… —te di la razón distraída, señalando mi despacho—. ¿Entramos?

—Por supuesto. Hasta ahora, Lauren, un placer hablar contigo, como siempre.

—La próxima vez que vengas te traeré una porción de mi delicioso bizcocho de limón. Prometido —te dijo la recepcionista con voz aterciopelada y una estudiada caída de pestañas del todo exagerada e innecesaria.

—Mmmm… estoy deseando probarlo.

Y te mordiste el labio inferior, gesto que me excitó hasta a mí, que en los últimos tiempos parecía un témpano de hielo. ¿Era necesario? ¿Qué había sido eso? Lauren no sabía ni hacer un huevo frito, por Dios.

Nos acomodamos en mi despacho. Tu pose era relajada, de absoluta confianza en ti mismo. Cuanto más te observaba, más me fascinaba tu actitud. No eres un tipo del montón y lo sabes. Estoy convencida de

70

que siempre has utilizado tu imponente físico, pero de lo que no parecías darte cuenta, era de que tu atractivo provenía de dentro. Me costaba apartar la mirada de tus ojos y, al mismo tiempo, los temía, porque parecía que pudieras atravesarme hasta el punto de saber qué estaba pensando. Dicen que las miradas no mienten, Aidan. Quien lo dice, no te ha conocido a ti.

—Tengo buenas noticias. Tu manuscrito es espectacular. Y eso no es todo. A Martha Lamber, sí, sí, la directora y editora jefa de Editorial Lamber, la has conquistado por completo tanto o más que a mí —te empecé a decir con entusiasmo—. El equipo aún está muy tocado por el asesinato de Scott, pero...

Mentira. Era mentira. Nadie estaba tocado por el asesinato de Scott, lo que irremediablemente me llevó a acordarme de Jared y en qué pasaría si lo llamaba con cualquier excusa para quedar con él. Me moría por volver a verlo, pero, entonces, pensaba en su anillo de compromiso y me imaginaba a la tal Lucy besando sus labios, esos labios que una vez fueron míos, y se me tensaba todo el cuerpo. En fin... el tramposo juego de la memoria al que todos nos hemos visto abocados alguna vez.

—Pero... —me animaste a seguir sin dejar de

sonreír.

—Perdón, hoy tengo la cabeza en otra parte. El caso es que, por unanimidad, hemos decidido que tu novela será la apuesta del verano de Editorial Lamber. No te negaré que tenemos muchísimo trabajo por delante y muy poco tiempo, pero vamos a hacer magia, Aidan, empezando por cambiar el título. En Editorial Lamber vamos a prometerte las estrellas y, créeme, se las prometemos a muy pocos autores y mucho menos con su primera novela.

Sí, sí, porque una promesa no puede convertirse en una mentira… blablablá.

—Vaya, supongo que soy un chico con suerte.

—Eres un chico con mucha suerte, Aidan.

6

Nueva York
Mayo, 1997

Te encanta que te hagan la pelota. Que te adulen, que te digan lo guapo, lo listo que eres y lo lejos que vas a llegar. Y eso es lo que hacía la mismísima Martha Lamber cuando venías a la editorial para tomar las últimas decisiones sobre tu novela, que aún no tenía título. ¿Y sabes qué? Sí, reconozco que me ponía celosa cuando acaparaba toda tu atención y a mí, simple sirvienta de la editorial, me dejabas a un lado. Y, sí, a Martha, pese a lo profesional que había sido siempre al marcar las distancias con los autores, se le notaba que estaba loca por tus huesos. No me mientas. Te daba morbo que fuera una mujer atractiva, poderosa y diez años mayor que tú. Porque Lauren, quien te perseguía cuando aparecías por el ascensor y te dio a probar ese famoso bizcocho de limón que compró en alguna pastelería, no estaba a tu altura, ¿verdad? Me apuesto parte de la herencia que me dejó mi abuela y con la que podría vivir desahogada toda mi vida sin trabajar ni aguantar mierdas, que, durante el tiempo en el que yo estuve trabajando en tu obra y devanándome los sesos para dar con el título perfecto, tú te follabas a Martha en su lujoso ático con vistas a Central Park.

Nunca ocurrió, Eve.
Solo lo imaginaste, pero nunca…

Solo lo imaginé, ya…
¿Y qué más me he imaginado, Aidan?
¿También me he imaginado que fuiste tú
quien le rajó el cuello a Scott?

Faltaban tres semanas para que tu novela viera la luz. Las primeras traducciones de tu obra ya estaban en marcha. Tu nombre empezó a sonar con fuerza como la inminente promesa literaria de Editorial Lamber, el próximo autor en alcanzar las ansiadas estrellas. Que el título y tu vida misma todavía fuera un misterio, avivó las ganas de la prensa, de los libreros y lectores. Ansiaban saber más, no solo de tu obra, sino de ti, de tu historia, de dónde venías, y eso, me dio la sensación, te incomodó. Eras amable, ingenioso, me mirabas de una manera especial, tanto, que tus ojos azules eran lo último que veía antes de irme a dormir. Pero no te gustaba hablar de ti mismo. Cuando te hacía preguntas sobre tu familia, cambiabas de tema. Cuando quise averiguar de qué parte de Irlanda eras, te limitabas a contestar que del norte, sin dar más detalles.

—Quiero que se me conozca por mi obra, Eve, no por quién soy yo.

—Entiendo. Y me parece bien, que el misterio envuelva a un autor siempre es llamativo, pero tendrás que contestar a ciertas preguntas. A los lectores les gusta conocer detalles íntimos de los autores como, por ejemplo, si tienes novia.

Sonreíste. Esa sonrisa irresistible que ya había provocado más de un vuelco en las mujeres de la editorial.

—Eso… —Bajaste la mirada, la volviste a posar en mí y… sí, vale, ese gesto me puso a mil—. ¿Lo quieren saber los lectores o lo quieres saber tú, Eve?

Me reí y dejé escapar un suspiro intencionado. Hasta puede que me ruborizara, porque recuerdo que sentí las mejillas ardiendo.

—No tengo novia —aclaraste—. Pero hay alguien que me gusta. Me gusta mucho.

Y otra vez esa mirada… esa mirada… Tus ojos clavados en los míos como imanes, recorriéndome la cara entera hasta detenerte en mi boca entreabierta que, tiempo después, te acogió tantas veces con anhelo. Buena táctica, Aidan, pero Jared tenía la mala costumbre de revolotear por mi mente como un mosquito sediento de sangre y, lo peor, es que el último recuerdo que tenía que ver con él lo relacionaba con el asesinato de Scott y no era algo agradable. Y entonces, la muerte… la muerte, tu historia, los personajes, sus extraños suicidios, la trama… La trama… los recuerdos. Que algo sea fugaz, no significa que no pueda ser eterno.

—Aidan. —Dije tu nombre en una exhalación. Di golpecitos sobre la mesa con el dedo índice y, aunque parecía estar mirando la pantalla del ordenador apagado, en realidad no estaba viendo nada, como siempre sucedía cuando mi cabeza trabajaba para dar con alguna respuesta o solución—. Cuando te dije que me convencieras para que leyera tu manuscrito, recuerdo la última pregunta de entre todas las que me hiciste como si supieras más de mí misma que yo, como si... como si hubieras entrado en mí: ¿En qué nos convertiremos cuando no seamos más que un recuerdo?

—Ajá...

—Cuando no seamos más que un recuerdo... —murmuré, más para mí misma que para ti—. No, no, no, demasiado largo... demasiado... ¡Lo tengo! Cuando seamos recuerdos.

—Cuando seamos recuerdos —repetiste—. Me encanta, Eve. Me encantas.

Tuve ese «Me encantas» metido en la cabeza todo el día, Aidan. Aunque no te tuviera delante, no podía deshacerme de ti, y odiaba haber caído en tus redes, ser una más, una idiota que se dejaba llevar por sus instintos más primarios. Me resistí durante un tiempo, y eso, supongo, fue lo que hizo que, de entre todas las mujeres, tuviera la mala suerte de que me eligieras a mí. Dejé de ser tu editora para convertirme en algo más profundo, más obsesivo, más turbio. No había tenido en cuenta que, cuando alguien te importa, le das poder sobre ti.

7

Nueva York
Mayo, 1997

Sin embargo, aún no podías cantar victoria. Todavía no eras el centro de mi universo, Aidan. Tu nombre empezaba a sonar en el mundillo literario, pero faltaba un poco para que te convirtieras en la estrella que estabas destinada a ser, mientras yo estaba perdida, incómoda en mi propia piel, sola... muy sola y confundida por el torbellino de emociones de las últimas semanas y por el estrés de tener lista a tiempo tu novela, «la novela del verano».

Cuando pasé por delante de la comisaría donde trabajaba Jared, supe que lo que estaba a punto de hacer era un error. Miré a ambos lados de la calle hasta dar con el único restaurante que había. Por cercanía, elucubré que era el local al que iban a tomar algo los policías y, por tanto, donde Jared había conocido a la que pronto se convertiría en su mujer. Y entré. Así, sin más. Entré con las piernas temblorosas como un flan. Mis altos zapatos de tacón no aguantarían el temblor, me caería en mitad del local, y ahí estaría Jared viéndome hacer el ridículo, pensé. Pero Jared no estaba. A las seis de la tarde estaban preparando el comedor para servir las cenas, no había ni un solo cliente, lo cual supuso un alivio.

Me recibió una mujer rubia, de cabello lacio recogido en una coleta baja, ojos verdes y gesto anodino, en cuya chapa dorada que asomaba por el bolsillo de su camisa verde centelleaba el nombre de Lucy. Mis ojos se posaron en sus manos hasta clavarse en su anillo, idéntico al de Jared. Eso dolió. Y, antes de que Lucy pudiera abrir la boca, salí del restaurante de vuelta al exterior. Me detuve a una distancia prudencial de la comisaría, de donde vi salir a Jared con su inconfundible traje de chaqueta y corbata. Lo que no esperaba, era que él, como si aún estuviéramos conectados de algún modo y nos presintiéramos incluso en la distancia, me viera. Y que en lugar de ir al restaurante a ver a su prometida o a buscarla porque había terminado su turno, caminara en mi dirección y se plantara frente a mí. Era tarde para huir.

—Eve, ¿qué haces aquí? No te queda de camino hacia ninguna parte.

—He quedado con una autora y... —empecé a inventarme. Pero Jared sabía que estaba mintiendo, así que resoplé y cerré la boca antes de que le narrara una historia sin sentido que inicié sin creérmela ni yo. Si algo he aprendido de los autores con los que he trabajado, es que creen con fervor en lo que cuentan. Se meten en la piel del narrador hasta enloquecer, como si una voz se les introdujera en el cerebro y no fueran ellos quienes escriben, sino una entidad superior que, tan pronto como viene, se va cuando teclean la palabra FIN. Y eso es lo que hace que una historia sea creíble.

—No hay avances en la investigación —se me adelantó Jared, creyendo que estaba ahí no por él o para saber cómo era su futura mujer, sino para enterarme de cómo iba el caso del asesinato de Scott, cada vez más invisible, menos mediático, sin una mujer ni unos padres que le lloraran y reclamaran justicia ante ruedas de prensa multitudinarias—. No han encontrado ni una sola huella en el apartamento ni en el ascensor, el rellano o el portal, Eve, como si hubiera sido atacado por un fantasma —añadió con un deje de amargura, los brazos muy pegados a su cuerpo y los puños apretados, contenido, como si así pudiera evitar la tentación de rozarme.

—¿Habéis revisado las cámaras de seguridad más cercanas? ¿Ningún vecino vio u oyó algo?

—No hay nada claro, ni una sola prueba que se sostenga ante un juez, pero en las grabaciones de las pocas cámaras de seguridad cercanas al domicilio, hemos visto a un sospechoso. No son de buena calidad, pero se distingue a un tipo alto que caminaba encorvado. Iba con una sudadera oscura cuya capucha y expertos movimientos para evitar las cámaras no han ayudado a identificarlo. Por su trayectoria, es posible que saliera del portal donde vivía Scott. Y, ya te digo, parecía conocer cada cámara, porque bajaba la cabeza y se cubría la cara. Puede tratarse de una casualidad, de un tipo raro que pasaba por ahí hasta que se le pierde la pista. Respecto a los vecinos, la mujer de abajo que llamó a la policía es mayor y sorda. Los del apartamento de enfrente del de Scott estaban de vacaciones y los de arriba trabajando. Es una comunidad pequeña y nadie vio ni oyó nada.

—Vaya.

—¿Y en la editorial has visto algo raro? ¿Algún autor o empleado más nervioso de lo habitual, ausente o que haya tenido un comportamiento diferente?

—La editorial se ha olvidado de Scott, aunque su novela sigue en marcha y saldrá dentro de una semana como obra póstuma —me lamenté, avergonzada por formar parte de ese circo egoísta en el que lo único que importa no es quién eres, sino cuánto vales—. Encontraron a su sustituto en menos de veinticuatro horas. Autor novel, guaperas, con una excelente novela a la que hoy, por cierto, hemos puesto título.

—¿Y cuál es? —se interesó Jared. Cuánto me gustó que se interesara, como cuando éramos pareja, me hacía mil preguntas sobre mi trabajo y leía cada novela negra que yo editaba, e incluso me ayudaba en el caso de que el autor hubiera errado en algún procedimiento policial.

—Cuando seamos recuerdos —le contesté.

Jared, sin dejar de mirarme, sacudió la cabeza y sé, lo sé porque lo conocía como la palma de mi mano, que se le había formado un nudo en la garganta. Porque él y yo ya éramos recuerdos. Lo éramos desde hacía dos años, y aun así, ahora que estábamos tan cerca, daba la sensación de que el tiempo se había congelado por y para nosotros y que ningún anillo de compromiso ni terceras personas podían remediar lo que seguía latiendo en nuestro interior. Una vez leí, no recuerdo dónde, que nuestros recuerdos, los que más enquistados se nos quedan, no paran de evolucionar, por lo que solo somos capaces de acceder a la versión de ese recuerdo que retenemos en la memoria por última vez, en lugar de al suceso original. Mis recuerdos con Jared eran buenos. La mayoría. Pero yo solía atormentarme evocando repetitivamente nuestro final. La despedida. En mi mente iba cambiando, evolucionando, hasta hacerla parecer más bonita de lo que en realidad fue. Porque ninguna despedida, sea del tipo que sea y aunque nos convenga, suele ser bonita.

Jared carraspeó y rompió la mágica burbuja del silencio que nos había envuelto:

—Me gusta. Lo compraré y lo leeré —dijo.

—Te mandaré una copia dedicada. Si quieres. O podemos quedar y…

—¡Jared! —le llamó Lucy, con medio cuerpo en la calle y el otro medio en el restaurante.

Él no la miró, no enseguida, seguía teniendo sus ojos oscuros y penetrantes fijos en mí, como si hubiera caído en un hechizo y fuera incapaz de apartarlos. Emitió un suspiro, forzó una sonrisa, y le dijo a su prometida con un hastío que ella no percibió por la venda en los ojos que solemos tener cuando estamos enamorados:

—¡Ya voy!

Lucy sonrió y regresó al interior del restaurante. Jared, instintivamente, miró el anillo, ese anillo que yo quería evitar a toda costa, y algo dentro de él se removió. Lo supe. Lo percibí.

—Perdona, tengo que…

—Sí. Sí, claro, ve.

No fue capaz de decirme adiós. Ni una palmada en la espalda, ni un beso en la mejilla… Nada. Y yo, mientras contemplaba a Jared alejarse, me preguntaba cómo demonios iba a superar el pasado si, a pesar del tiempo transcurrido, seguía estando muy presente en mí.

8

Nueva York
Junio, 1997

Arrepentirse no sirve de nada, solo te frustra y te hace sentir fatal. Porque lo hecho, hecho está, pero ahora sé que jamás debí abrirme tanto a ti. Ni mostrarte sin reparos el lujo que me rodeaba, que consistía en la fastuosa casa en la que vivía, aun siendo una empleada con una nómina al mes que no era para tirar cohetes. Pero tú ya sabías que era nieta de la gran dama de la novela rosa y que ni en diez vidas podría gastar la fortuna que tenía en mi cuenta bancaria y que, gracias a los royalties anuales, a las reediciones y a los adelantos por traducciones y posibles adaptaciones cinematográficas, no paraba de engrosar. Lo tuyo siempre fue interés, Aidan, y venía de atrás, muy atrás en el tiempo, pero, por aquel entonces, ¿quién iba a sospecharlo?

Dejaste la habitación del tugurio en el que vivías desde que llegaste a Nueva York hacía seis meses y, con el anticipo de tu inminente novela, cambiaste el peligroso barrio de Brownsville por la luminosidad de Greenwich Village. Siempre me gustó ese barrio, te lo sugerí porque me parecía muy cinematográfico e inspirador para un escritor. Caminar por sus calles es como estar protagonizando una comedia romántica de Meg Ryan. Alquilaste un apartamento en un edificio con la fachada de piedra rojiza y pocos vecinos en una calle tranquila y arbolada. Emocionado por el cambio, quisiste enseñarme tu nuevo hogar, a pesar de no estar amueblado ni decorado. ¿Pero sabes qué me extrañó? No ver la máquina de escribir con la que habías escrito tu novela. Tampoco tenías ordenador. Te lo pregunté. La excusa de que aún te faltaban muchas cosas por traer me pareció razonable, si bien es sabido que lo primero que hace un escritor es colocar una mesa, aunque sea multiusos, y su equipo de trabajo. Tampoco había libros. Ni uno. ¿Estanterías? Vale, podía comprender que todavía no tuvieras estanterías, pero esperaba ver un montón de libros apilados en el suelo en precario equilibrio.

Me distraje con las vistas. Era una calle neoyorquina del montón, pero bonita gracias a los frondosos árboles que la flanqueaban.

Tu libro estaría en todas partes en solo dos días. Cuando iba a darme la vuelta y a retirarme de la ventana para preguntarte si estabas listo para el gran día, me sobresalté al encontrarte detrás de mí, muy pegado a mi cuerpo, tanto, que no sé si fueron imaginaciones mías o palpé tu erección. Te llevaste todo el aire de mis pulmones cuando con el dorso de la mano rozaste la mía, provocándome una descarga eléctrica que se disparó como una flecha desde el bajo vientre al corazón.

—Siento vértigo —me susurraste con voz ronca, tan cerca de mi boca que tu aliento se entremezcló con el mío.

Y yo. En ese instante sentí vértigo porque la complicidad de las últimas semanas trabajando juntos había pasado a ser algo más. Una atracción irremediable. Pero no podía. Era poco profesional. Aunque me hubiera encantado seguirte el juego y terminar follando como animales, disfrutando al imaginar cómo me estampabas contra la pared, me subías la falda y me embestías con fuerza, me aparté de ti. Cogí mi bolso y, como si no hubiéramos acabado de tener un momento íntimo y fuera de lugar, te dije:

—Tengo mucho trabajo atrasado. Me falta hablar con algunos periodistas, libreros… En fin —resoplé, esbozando una sonrisa tirante.

Mentira. Era mentira. Estaba todo tan bien atado y planificado, que podía permitirme el lujo de tomarme el día libre. Y no es que quisiera hacerme la difícil, porque te habría encantado ese mundo alternativo perteneciente al inventario de mi imaginación en el que nos estábamos devorando. Quería huir de ti y del hambre sexual que me estabas provocando. Nunca me ha gustado dejar las cosas a medias o para mañana, porque el mañana puede no existir. A mi abuela la asaltó un infarto fulminante mientras dormía, dejando una obra a medias. Podría haber escrito los últimos cinco capítulos que le faltaban para zanjar la novela que terminé completando yo y se publicó como obra póstuma, pero lo dejó para «mañana», un mañana que nunca llegó a ver. Ignorando el manido *carpe diem*, vive el momento, disfruta el presente, me quedé con las ganas de averiguar a qué sabían tus labios.

—Vale —aceptaste, mirándome con los ojos entornados y el deseo fallido refulgiendo en tus pupilas—. Nos vemos en un par de días. Lo estoy deseando —añadiste, sugerente, apartándote un mechón de pelo rubio y rizado de la frente.

—Va a ser una gira espectacular, Aidan. Vas a alcanzar las…

—Las estrellas, ya, sí.

Tendría que haberlo visto. El fastidio en tu voz pese a haber logrado lo que querías. Porque era lo que querías, ¿no? ¿O en cuanto lo tuviste te diste cuenta de que tu ambición te arrastraría a las fauces del infierno? Parecías estar cansado de la mención constante a las estrellas que alcanzarías. Y lo entiendo. Editorial Lamber puede ponerse muy pesadita con el tema. El miedo a ser descubierto te paralizaba, el miedo al fracaso… a la vida. Pero no vi nada de eso. Solo vi tu luz. Estaba cegada. Y tú sabías cómo ocultar las sombras que te envolvían y te devoraban, Aidan, porque llevas haciéndolo toda la vida.

9

Nueva York
Junio, 1997

Desde que Jared había mencionado a un tipo con sudadera y capucha, cuyo recorrido coincidía con la posibilidad de haber salido del bloque donde vivía Scott, veía a hombres sospechosos con la misma vestimenta en todas partes. Pero Scott había caído en el pozo del olvido, pudriéndose en su tumba, devorado por los gusanos. Y este mundillo es tan cruel, hay tantos candidatos para suplir la ausencia de cualquiera, que nadie de la editorial se dignó a acudir a su funeral, ni siquiera para quedar bien, tan ocupados como estábamos en tu lanzamiento y en ti, y en otras obras consideradas de menor relevancia y con una estrategia de *marketing* más discreta. La novela póstuma de Scott estaba teniendo éxito, se vendía sola, sin apenas promoción ni gastos, pero pronto fue sustituida por la tuya, LA GRAN NOVELA DEL VERANO, que eclipsó al resto de novedades y empezó a ocupar todos los escaparates de las librerías de Nueva York y más allá. La distribución era tan grande, tanto, que te tenían hasta en la librería del pueblo más remoto de la América profunda. Estabas en todas partes. Las traducciones no tardaron en llegar. Aprovechando el éxito que estabas teniendo en América, las editoriales de otros países no querían demorarse en la publicación y trabajaron a toda mecha. Tu cuenta bancaria pasó de estar en números rojos a no saber dónde invertir o qué hacer con tanto dinero. Te había tocado la lotería, Aidan. Ni en tus mejores sueños.

—Esto es América, Aidan. Los sueños se cumplen de la noche a la mañana —te dije entre risas una noche de borrachera en Los Ángeles que rememoraremos más adelante.

Tampoco faltaron las propuestas para una posible adaptación cinematográfica, en la que la última palabra la tenías tú. La sesión fotográfica fue un éxito, salías guapísimo e interesante, sabías posar y hacía dónde enfocar la mirada para causar buen impacto. Había cierto halo de misterio cautivador en ti que no pasaba desapercibido, te envolvía sin que tuvieras que esforzarte lo más mínimo, y eso me hizo pensar en la creencia de que una instantánea es capaz de captar el alma de las personas, despojándolas de todo cuanto hay en su interior. Daba la sensación de que llevabas posando para el objetivo toda la vida. Parecías modelo en lugar de escritor y enseguida se crearon clubs de fans procedentes de varios condados y la editorial no paraba de recibir cartas con declaraciones de amor que nunca leíste. Una locura que superó nuestras expectativas. Hablaban de ti en programas de televisión y de radio. De dónde habías salido y dónde habías estado todo este tiempo, decían.

No dábamos abasto para llevarte a todas las entrevistas, no había tiempo para todo, para tanto, y las presentadoras y copresentadoras, casadas, solteras, con hijos, sin hijos, te tiraban los trastos. ¡Era descaradísimo!

Anuncios, rótulos gigantes en el metro, en autobuses, en Times Square... El sueño de todo escritor novel. Eso eras tú. La envidia de todos. El sueño americano cumplido en tiempo récord. Lo que más me sorprendía y confundida me tenía, era que, por mucho que intentaran reclamar tu atención o por mucha gente que hubiera a tu alrededor, especialmente mujeres, siempre me buscabas con la mirada. Y parecías tranquilizarte cuando me veías. No buscabas a Martha ni a la jefa de prensa, ni siquiera al que empezó a ser tu agente, Roger Bronson, un tipo listo como el hambre con el que nunca acabaste de congeniar. Me querías solo a mí. Me hiciste creer que me necesitabas como el aire para respirar. Y empezaste a abrazarme y a tocarme y a darme un beso en la mejilla siempre que lo veías adecuado, cada vez más cerca de la comisura de mis labios, cuando yo llegaba a una presentación, a una firma, o nos despedíamos delante de un taxi.

Me robaste muchos suspiros, Aidan. Más de los que estaba dispuesta a reconocer.

10

Nueva York
Junio, 1997

Te costaba un mundo arrancar cada presentación con su correspondiente firma en las diversas librerías de Nueva York en las que estuviste. Aparecías cabizbajo, tímido, con la mirada dirigida a ninguna parte. Tenías miedo escénico. ¿Dónde estaba el hombre seguro de sí mismo y de su novela que vino seis veces a la editorial más importante de la ciudad? A los pocos minutos te soltabas, pero, al principio, no eras capaz de levantar la cabeza y mirar a toda la gente que venía por ti, por tu macabra historia, tan morbosa que era imposible no engancharse a ella. Tus lectores querían conocerte, oírte hablar, alabarte, recomendarte, que les dedicaras su ejemplar. No quiero pecar de vanidosa, pero soy buena en lo que hago. Sé encontrar buenas historias, y la tuya, los lectores me dieron la razón, era de las mejores que se habían publicado en los últimos tiempos. Decían… ahora me acuerdo y, mira, me entra la risa floja. Decían que cómo era posible que alguien con una apariencia tan angelical como la tuya fuera capaz de escribir así, tan cínico, tan sombrío, tan maléfico, tan cruel con los personajes a los que había dado vida. Y tú sonreías con la cabeza ladeada y ojillos de no haber roto nunca un plato y contestabas que hay autoras de novela romántica que en la vida real no creen en los príncipes azules. Que los autores, en su parcela privada que tú mantenías muy en secreto, no son lo que escriben, porque tratan de plasmar algo muy distinto a ellos y ahí es donde está la diversión. Vale. Aceptable.

Salías airoso de cualquier situación. Y yo entendía lo que decías porque mi abuela, a diferencia de los personajes a los que dio vida, no creía en el amor. Había tenido una vida amorosa desastrosa desde que mi abuelo la había dejado por otra y, sin embargo, las historias que daba a conocer al mundo eran empalagosas.

Pronto nos iríamos de promoción a Los Ángeles.

Yo no daba abasto, necesitaba unas vacaciones con urgencia, me sentía agotada, al límite de mis fuerzas, y tenía a otros autores a los que atender. Pero Martha, dadas las excelentes ventas de tu libro, me obligó a que me centrara en ti. Y eso hice. Sin poder olvidar aquel momento en tu apartamento en el que me hubiera gustado hacer todo tipo de guarradas. Pero, antes de nuestra gira de cuatro días por Los Ángeles, donde librerías y programas de televisión de máxima audiencia te esperaban con los brazos abiertos, tuvimos una última presentación en Nueva York. Fue en Strand Bookstore, conocida popularmente como The Strand, la librería independiente más famosa de la ciudad cercana a Union Square, fundada en 1927 y una de las más especiales para mí, pues era la preferida de mi abuela, íntima amiga de su fundador. En The Strand sabías la hora de llegada pero no la de salida. Era tan grande y tan íntima y familiar a la vez, y tenía tantos libros, que era imposible no perder la noción del tiempo entre sus estantes. Y, entre todos los asistentes, vino por fin Amy, cuya amabilidad inicial contigo se esfumó al estrecharte la mano.

¿Qué vio? ¿Qué sintió?

Apenas tuvimos tiempo de hablar. El raro y breve

instante en el que te presenté a mi mejor amiga quedó en un segundo plano al ver quién entraba por la puerta. Jared. Jared sin su uniforme ni su arma reglamentaria en la cinturilla asomando por debajo de la americana, vestido con una camiseta de manga corta blanca que dejaba al descubierto unos bíceps de infarto, tejanos y deportivas. Y detrás... detrás de él distinguí la melena rubia de Lucy y su cara anodina, que enseguida entrelazó su mano con la de Jared. Se me torció el gesto. ¿A qué había venido? ¿A restregarme su idílica relación? Cuando Jared reparó en mi presencia, no pudo ni mirarme a la cara. Es posible que no me esperara. O sí. No sé. Da igual, el caso es que en ese momento no me saludó y se sentaron en la última fila, donde solo quedaban cinco sillas libres que serían ocupadas en menos de lo que dura un pestañeo. Amy no sabía qué cara poner, pero se escabulló y se acomodó al lado de Jared.

«Traidora», pensé.

Vi a Jared hacer las presentaciones. Amy, ella es Lucy, mi prometida; Lucy, te presento a Amy, una vieja amiga. Tú me diste un beso en la mejilla, sí, cada vez más cerca de la comisura de mis labios, provocándome un placentero cosquilleo que me dejó con una sonrisa triunfal al ver que Jared nos había mirado de reojo. Seguidamente, recorriste el pasillo entre aplausos, como si fueras el integrante de una banda de rock, hasta llegar a tu mesa, tu correspondiente escenario para lucirte y brillar como esas estrellas que te prometí en nuestra primera reunión. El Aidan al que había conocido en Lamber había vuelto. Tu seguridad, tu aplomo, tu calma... Sonreíste a tus lectores, la mayoría mujeres, y la sala enmudeció cuando empezaste a hablar y a leer párrafos concienzudamente elegidos para no desvelar más de lo necesario.

Yo me quedé de pie al fondo del reservado de la librería, con los brazos cruzados sobre mi pecho, observando todo cuanto ocurría, atenta a tus palabras, a las preguntas de tus efusivos lectores, a tu... bah, a quién quiero engañar. Esa tarde me diste igual. Esa tarde solo tenía ojos para la espalda de Jared y la melena rubia, lacia, perfecta y envidiable que, ajena a mi dolor, estaba a su lado. Él se giró un par de veces y me pilló mirándolo. Le sonreí, pero él no me devolvía la sonrisa. Ocurría algo, no sabía el qué, pero su mirada condensaba mucha tristeza. Percibí entonces la nostalgia que había mencionado Amy cuando nos vimos en la cafetería de Harlem el mismo día en que hallaron el cadáver de

Scott… El amable y siempre dispuesto Scott era el que tenía que estar en The Strand, no tú, Aidan, que no eres más que un farsante.

Mientras Lucy esperaba la larga cola que se había formado para que le dedicaras su ejemplar, Jared aprovechó su ausencia y se acercó a mí. Amy salió a fumar un cigarrillo y ella fumaba poco, era de las que de verdad podían dejarlo cuando quisieran, por lo que algo la tenía inquieta, preocupada. Me extrañó que no viniera a decirme nada.

—*Cuando seamos recuerdos.* Me ha gustado mucho, Eve —me dijo Jared—. Siempre me gustan las novelas que editas. Pero hay personajes de esta novela a los que sería mejor lanzar al olvido, ¿no crees?

—Todos merecemos ser recordados, Jared, aunque sea para no caer una y otra vez en el mismo error —alegué, defendiendo el título que tanto me había costado encontrar, y él miró en tu dirección sin que te dieras cuenta, pues una marea de personas te restaban visibilidad—. Tu autor, Aidan…, tiene algo raro.

—¿Cómo?

—Que no me gusta.

—Ah.

Jared no era Amy, no veía el aura de las personas,

pero sí tenía una intuición muy desarrollada.

—No me gusta cómo te mira. Y cómo te ha…

—Jared, para.

—Sí, perdona. Perdona. No tengo derecho a nada.

—Vas a casarte.

—Eso aún está por ver, Eve.

Tragué saliva. Un rayito de esperanza se abrió paso en mi interior. ¿Y si había llegado nuestro momento? ¿Y si los dos años de pausa y nuestro encuentro «casual» en la cafetería de Harlem había avivado la chispa que en realidad jamás se apagó? Empecé a creer que nada ocurre porque sí. Que estamos destinados a que ciertas personas, muy pocas, solo las elegidas, se lleven la mayor parte de nuestros latidos. Me sentí en una novela de mi famosa abuela y, disculpa que te deje a un lado durante los siguientes párrafos, pero es que en aquel instante en el que Jared posó sus ojos en mi boca muda, temblorosa por su presencia, retrocedí en el tiempo. Mi mente voló y vuela ahora a la tarde en la que Jared y yo nos conocimos en aquella librería de segunda mano.

Nueva York
Marzo, 1992

Imagíname con veinticuatro años.

Y a Jared con veintisiete.

No ha pasado tanto tiempo, lo sé, pero ahora me da la sensación de que éramos unos críos. Bueno, Jared no, pero yo sí. Nuestros caminos se cruzaron en una librería de segunda mano de Broadway, el barrio de los teatros donde me gustaba perderme de vez en cuando, en la que entré por casualidad tras un día agotador en la editorial. Yo no debía estar ahí. ¿No me cansaba de estar siempre rodeada de libros? En el trabajo, en mi tiempo libre... no, no me cansaba de estar rodeada de sueños. Así que, aunque no debía estar en esa librería, estuve.

Y Jared, ávido lector, era un cliente asiduo, porque su trabajo patrullando las calles de la ciudad no le daba para comprar todos los libros nuevos que quería. Hacía un año que mi abuela había fallecido, prácticamente el mismo tiempo que yo llevaba trabajando en Lamber, por lo que todavía me faltaba mucho que demostrar.

Las librerías de segunda mano, de libros ajados, olvidados y maltratados por el paso del tiempo, eran mi perdición. Y así, paseando distraída por los pasillos laberínticos, tropecé con Jared cuando ambos íbamos a coger el mismo libro, una primera edición de 1922, única y muy especial, de *Ulises*, de James Joyce. James Joyce, que hacía cincuenta y un años que criaba malvas, nos presentó, y ahí reside la magia de la literatura, pero es algo demasiado profundo para que tú lo entiendas.

—Perdona, quédatelo tú —me dijo Jared, cuando aún no sabía su nombre y era un completo desconocido. En su rostro se dibujó una sonrisa en la que se entreveía una alma buena, buena de verdad. Me gustaban los hoyuelos que se le formaban en la mejillas y su barba rasposa de dos días. Me gustó todo de él en el acto, incluso su forma amable de mirarme, aunque los años y la vida fueron endureciendo esa mirada.

—No, tranquilo, tengo otra edición en casa.

—De todas formas, está fuera de mi alcance, así que todo tuyo.

Me lo dio. Nuestras manos se rozaron durante una milésima de segundo, tiempo suficiente para saber que quería volver a verlo.

—Me llamo Eve —me presenté.

—Yo Jared, encantado.

—Lo mismo digo.

¿Crees en el amor a primera vista, Aidan? ¿Que, con solo mirar a los ojos de alguien, eres capaz de intuir que va a ser importante e inolvidable en tu vida? Tuve esa seguridad con Jared, aunque él me dio la espalda y siguió su camino en busca de una novela menos única y menos especial que se pudiera permitir. Así que fui al mostrador y, llevada por un impulso, el mejor de mi vida, pagué por *Ulises*. Me envolvieron el libro en papel de celofán y salí a la calle. Estuve esperando a Jared los diez minutos que tardó en salir con tres ejemplares de novela negra de bolsillo maltratados por sus anteriores propietarios.

—Eve, aún por aquí.

¡Se acordaba de mi nombre!

—Te estaba esperando. Esto es para ti.

Le di *Ulises* y los ojos de Jared se iluminaron como fuegos artificiales en un cielo nocturno.

—No era necesario, de verdad, pero esto es… es lo mejor que alguien ha hecho por mí en mucho tiempo, Eve.

Su voz era profunda, hipnótica y ronca, me acunaba y me envolvía, me transmitía mucha calma, la que me faltaba desde que mi abuela murió. Me enamoré. Desde esa tarde en la que entré por primera vez en un local en el que no tenía planeado estar, Jared y yo fuimos inseparables. Cuando lo conocí mejor, entendí el motivo por el que le emocionó tanto que, sin ser nadie en su vida, una simple desconocida con la que te cruzas en una librería, tuviera un detalle con él. La vida de Jared no había sido fácil. Criado en las calles de El Bronx, de niño padecía cada noche el maltrato que su padre infringía a su madre. A veces pagaba su maldad y su frustración contra él, hasta el punto de que Jared, con solo siete años, fue ingresado en cuidados intensivos. Su padre entró en prisión y ahí seguía, pudriéndose en una celda sin que nadie lo recordara ni lo quisiera, y la madre de Jared, que había llegado a tener hasta tres trabajos al mismo tiempo para sacarlo adelante, había fallecido hacía dos años de cáncer de pulmón.

—Ojalá os hubierais conocido. Le habrías encantado —me dijo una vez con los ojos vidriosos.

—Y a mí me habría encantado ella. Hizo de ti una buena persona, Jared. El mejor.

Jared quería ser inspector de policía e ir escalando puestos. Algún día, decía. De cualquier modo y desde cualquier puesto, él quería ayudar a los más desamparados. Resolver crímenes. Atrapar y encerrar a las malas personas como el hombre que le había engendrado. Conocer su pasado me cohibió a la hora de invitarlo a mi casa. Tanto lujo, tantos metros cuadrados solo para mí... No cuadraba que una editora de solo veinticuatro años viviera en un lugar tan espectacular en una de las mejores zonas de la ciudad. En ocasiones, me incomodaba, porque, aunque me perteneciera, no me había ganado nada de eso. Lo que tenía, incluido el hecho de haber entrado en Lamber por la puerta grande como editora y no como ayudante o sirviendo cafés, era por haber sido «nieta de...».

—¿Tu abuela era la escritora Danielle Logan? —se sorprendió Jared la primera vez que vino a casa, dos meses después de conocernos y tras muchas citas en territorio de nadie, echando un vistazo a los excesos de la propiedad en la que me había criado.

Mi infancia había sido muy distinta a la suya; sin embargo, no se dejó deslumbrar por los innecesarios salones del primer piso donde tantas fiestas y bailes se habían celebrado desde que mi abuela había adquirido la propiedad en 1970. Los ecos del pasado seguían latiendo entre esas paredes y la visión de mi abuela elegantemente vestida con su copita de champán seguía siendo tan vívida que parecía real. Jared se enamoró de mí, de mi esencia, de quién era en realidad, no de lo que tenía. Y, de hecho, cuando vino a vivir conmigo, nunca se sintió del todo cómodo en esa casa, sugiriendo que nos fuéramos a un lugar más discreto y normal.

—Mi madre adoraba sus libros. Tu abuela hizo muy feliz a mi madre, Eve —reconoció al cabo de un rato, con un tono de voz triste y apagado, y a mí esa confesión me rompió. Me entraron ganas de abrazarlo y cuidarlo siempre. Y eso es lo que hice, al menos durante un tiempo, hasta que creímos, estúpidos ignorantes, que separados podríamos avanzar mejor y más rápido en nuestros respectivos trabajos. El amor, a veces, no es suficiente o no llega en el mejor momento. La madurez emocional es importante, y ni Jared ni yo estábamos preparados entonces para afrontar algo tan serio.

Nueva York
Junio, 1997

Vuelvo… vuelvo a The Stand, donde seguías firmando libros sin parar. Jared y yo nos sostuvimos la mirada y sus pupilas rodaron hasta mi boca anhelante de la suya. La magia duró poco, lo que Lucy tardó en llegar dando saltitos de emoción porque ya tenía su ejemplar dedicado por ti. Todos los músculos de mi cuerpo se tensaron al tenerla delante. Evidentemente, Lucy, quien tenía un aire infantil que no le pegaba nada a Jared, no sabía quién era yo. Seguro que mi cara le sonó vagamente de la tarde en la que entré en el restaurante, aunque no debía de tener muy buena memoria, porque no me ubicó. Y Jared, pese a lo educado que solía ser, enmudeció y no nos presentó. Lo que acabó de romperme y de destrozarme y de dejarme el corazón hecho trizas, fue el beso que Lucy le dio en los labios sin tener en cuenta mi presencia, como si me hubiera hecho invisible.

—¿Nos vamos, cariño? —le preguntó Lucy.

—Sí —despertó de su ensoñación Jared, para añadir, seco y distante—: Nos vemos, Eve.

Me escocieron los ojos. Ver a tu ex con otra nunca es plato de buen gusto. Quise llorar. No obstante, estaba tan acostumbrada a hacerme la dura y a tragarme las lágrimas… tanto… En aquella época, pensaba que llorar nos hace parecer débiles. Nos da vergüenza demostrar nuestras emociones delante de la gente y preferimos el dolor insoportable que se nos forma en la tráquea. Necesitada de una bocanada de aire, aunque hiciera un calor de mil demonios, salí a la calle esperando ver a Amy. Pero no estaba. No era propio en mi amiga desaparecer sin más, así que la llamé.

—¿Amy, por qué te has ido sin despedirte? —inquirí molesta y extrañada, porque era algo más propio en mí que en ella.

—No me encontraba bien, Eve... Perdona...

11

Los Hamptons
Julio, 1997

Desde que tengo uso de razón, recuerdo cada 4 de julio en la casa de vacaciones de los Hamptons. En la década de los 80, cuando ella adquirió la propiedad, se trataba de un lugar apacible de la costa oceánica a las puertas de Nueva York que terminó siendo uno de los destinos vacacionales de mayor ostentación de la Costa Este, gracias al *boom* de Wall Street. Las fortunas recientes invadieron la región aburguesándola y su valor inmobiliario se disparó por las nubes, incluida la casa de la abuela que, por aquel entonces, estaba en reformas. La remodeló de arriba abajo y aumentó su tamaño. Si Danielle Logan tenía un don, ese era el de la anticipación. Sabía en qué y dónde invertir su fortuna. Parecía hacerlo todo bien salvo criar a Rose, su única hija y mi madre, que un día, después de años sin dar señales de vida, llamó a su puerta con un bebé en brazos y le dijo que ella no podía hacerse cargo.

Mi madre era drogadicta. Estaba sentenciada.

No la recuerdo, claro. Yo solo tenía dos semanas de vida cuando me dejó con mi abuela.

Y volvió a desaparecer de la vida de su madre y de la mía y no supimos más de ella.

La abuela empezó a hablarme de mi madre cuando cumplí seis años. Me enseñaba fotos. Me contaba historias. Anécdotas… es posible que algunas se las inventara.

Estuvimos mucho tiempo buscándola sin éxito y elucubrando diversas posibilidades sobre su fatal desenlace. El más verosímil era que había muerto, a saber cuándo, y habían hallado su cadáver en algún callejón. Sin identificación y sin nadie que la reclamara, es posible que sus restos estén en una fosa común. La abuela, resignada, no se lo perdonó nunca, pero aprendió a vivir con la ausencia y con cientos de interrogantes. Siempre he pensado que su muerte fulminante volvió a reunir a madre e hija y que, desde donde estén, me protegen. Desconocemos quién es o era mi padre. No es algo en lo que me haya detenido a pensar mucho, no me importa. Pero Rose, a quien solo conozco a través de fotografías en álbumes de cuero y de quien soy una copia casi exacta, hizo algo bueno por mí: dejarme con la gran dama de la novela rosa que me cuidó y me mimó como se lamentó no haber hecho con su hija por estar siempre trabajando para darle un buen futuro. Un buen futuro que, pese a todo lo material que pudo darle, no llegó a tener.

—Prométeme que vas a trabajar para vivir, Eve, no a vivir para trabajar —me dijo una vez la abuela—. No merece la pena. El tiempo que pasamos con los que amamos es más valioso que toda la fortuna que puedas acumular.

En fin. Siempre me gustó llevarle la contraria.

El Día de la Independencia de los Estados Unidos, era una fiesta en la que la casa de los Hamptons se llenaba de vida cuando vivía la abuela. Cuando murió, no perdí la costumbre de ir, el primer año después de su muerte con Jared, y luego, cuando rompimos, sola. Y no era buena idea ir a los Hamptons sola, porque tenía la mala costumbre de emborracharme hasta perder el sentido y terminar en la piscina con el riesgo de ahogamiento que eso conlleva. Así que, no sé por qué, te propuse venir conmigo. Sí, a ti, al escritor estrella que, debido a lo abrumador que estaba siendo el repentino éxito para el que realmente no estabas preparado, necesitabas un respiro. Tú y yo no estábamos destinados a estar juntos. Créeme, no habría ocurrido nada entre nosotros si Jared hubiera venido solo a tu última presentación, o Lucy no le hubiera besado delante de mí y nuestra conversación después de: «Eso aún está por ver, Eve», ante mi contundente: «Vas a casarte», se hubiera alargado hasta irnos a tomar una copa y reconocer que nos echábamos de menos a rabiar y que merecíamos una nueva oportunidad.

Que no te engañen. Las mayores locuras no se cometen por amor, sino por despecho. No sé en qué estaba pensando para abrirte las puertas de un lugar que, como tantas otras cosas de mí, jamás debiste conocer.

El viaje en coche hasta los Hamptons fue aburrido. Soso. Apenas hablamos. Después de tantas horas trabajando juntos y yendo de aquí para allá, no teníamos nada que contarnos. Me había cansado de hacerte preguntas más… íntimas, por así decirlo, porque las evadías todas. No obstante, agradecía el silencio que la música de la radio enmascaraba, porque nunca me ha gustado hablar mientras conduzco.

En los Hamptons, te lo advertí, es como si el tiempo se detuviera. No hacía falta esforzarse en nada, tan solo respirar y vivir. Es un paraíso en la Tierra y así te sentiste cuando llegamos a una casa que, gracias al equipo de mantenimiento que tenía contratado, no parecía abandonada. Estaba tentada de venderla porque iba muy poco, pero era la propiedad preferida de mi abuela. Decía que, cuando dejara de escribir, viviría ahí todo el año. No pudo ser y yo era incapaz de dejar esa casa en otras manos.

Todavía no conocía nada de tu procedencia ni de tu pasado, Aidan, y, aunque sabía que el lugar en el que habías vivido en Nueva York antes de ser catapultado por Lamber, era un tugurio de mala muerte que dejaba mucho que desear, no parecía sorprenderte el lujo que me rodeaba. O fingías muy bien. Sí. Ahora opto por lo segundo: fingías muy bien, como si nada te sorprendiera ni te deslumbrara, como si te hubieras criado como yo, entre algodones. Querías estar a mi altura. Querías ser como yo. Ansiabas mi vida.

La casa es amplia y luminosa gracias a unos amplios

ventanales de estilo francés. La glicinia que envuelve toda la parte delantera como una boa de plumas de color lila luce siempre esplendorosa. Tiene un encanto especial, ya lo sabes, conociste cada uno de sus rincones. En la parte de atrás hay una terraza rodeada de hortensias blancas y azules, pero lo que más destaca es la piscina, a cuyo pie se extiende una playa privada de arena blanca.

—Es un lugar magnífico. Ideal para escribir —comentaste pensativo, dejando la maleta en el vestíbulo.

Para escribir, sí, ya…

—Apenas vengo, así que cuenta con esta casa para escribir tu próxima novela —te propuse—. Podrás quedarte el tiempo que necesites.

—Me encantaría.

—¿Qué quieres que hagamos?

—¿Un baño en la piscina? —sugeriste con una media sonrisa picarona, la misma que sabías que enloquecía a tus recientes admiradoras.

—Mmmm… Sí, me apetece mucho.

Subimos a la segunda planta a dejar nuestras respectivas maletas. Habíamos llevado poca ropa, solo nos quedaríamos un par de días, puesto que el 7 de julio teníamos programado el viaje a Los Ángeles. El equipo de mantenimiento se había esmerado con las habitaciones. Estaban impecables, cada estancia olía a rosas frescas, y el resto de la propiedad no se quedaba atrás. Todo limpio como una patena, el jardín listo para ser disfrutado, el césped recién cortado y la nevera llena.

—Elige la habitación que quieras. Menos esa. Es la mía —comenté, abriendo la puerta de mi habitación y poniendo un pie en el interior.

—Quiero tu habitación —soltaste de sopetón, arriesgado como ya me habías demostrado que eras. Pero mi teléfono móvil sonó en alguna parte rompiendo el hechizo.

—Perdona, voy a contestar.

—Ey, estamos de vacaciones... —murmuraste, curvando los labios levemente, y algo se me incendió dentro cuando me cogiste de la mano atrayéndome a ti. Otra vez nuestras bocas peligrosamente cerca, muy cerca...

—Aidan, puede ser importante. Ahora vengo.

Me zafé de ti con gesto serio, como si estuviéramos en Lamber delante de mucha gente y lo que podría haber ocurrido estuviera fuera de lugar.

¿Qué demonios estaba haciendo en los Hamptons

contigo?

Era evidente que pensabas que te había traído a pasar el 4 de julio conmigo porque me gustabas y quería más que una relación profesional o de amistad, a pesar de ser arriesgado. Si salía mal, el trabajo podría verse resentido, algo que parecía no importarte. Y, por otro lado, estaba Jared. Era con él con quien realmente quería estar, no podía arrancármelo de la cabeza, como si en lugar de dos años desde que lo habíamos dejado solo hubiera transcurrido un mes. No obstante, ahí estabas tú, supliendo su ausencia y dispuesto para lo que yo quisiera. Aunque siempre he desconfiado de los seductores que te prometen la luna en la primera cita, me gustaba tu actitud y esa forma de mirarme y de querer atraer mi atención. Sí, me gustaba mucho. Sí, te había llevado a los Hamptons para que sucediera. Pero, en cuanto descolgué la llamada, me arrepentí de haberlo hecho.

—Amy, ¿pasa algo?

—Eve, ¿dónde estás?

—En los Hamptons. ¿Por qué?

—No estás sola, ¿no?

—¿Qué?

—Has ido con Aidan... —adivinó, dejándome

noqueada—. Eve, no tendrías que…

Un silencio denso invadió la línea telefónica.

—¿No tendría que qué, Amy?

—No tendrías que dejarlo entrar en tu vida —dijo contundente, sin ese timbre cantarín característico en su tono de voz.

Oí tus pasos. Bajabas las escaleras.

—Amy, te tengo que dejar.

—No tendrías que dejarlo entrar en tu vida, Eve —repitió con más ímpetu. Parecía que un gran peso le estuviera aplastando el pecho. Y tú ya estabas a mi lado, en bañador, dejando al descubierto un cuerpo escultural de cintura estrecha, abdomen firme, vello rubio en el pecho y espalda ancha, aunque, acostumbrada a Jared y a su piel morena, tu blanco nuclear me provocó una especie de rechazo. Me aparté de ti.

—Hablamos luego, ¿vale? Todo va bien —traté de tranquilizar a Amy, dejándola con la palabra en la boca.

Y colgué. Colgué a mi mejor amiga.

—Voy arriba a ponerme el bañador.

Frunciste el ceño. Te sentiste rechazado. No te lo estaba poniendo nada fácil, ¿eh?

No pudiste resistirte. Cuando bajé, ya estabas en remojo, disfrutando de la piscina con la mirada fija en el mar en calma. Me quité el pareo, llevaba un simple bañador negro, pero tú me miraste como si fuera desnuda.

—¿Por qué me lo pones tan difícil, Eve? Qué tengo que hacer para…

Fuera lo que fuera lo que ibas a decir, las palabras se te murieron en la boca cuando, con la mirada fija en ti, me acerqué lentamente hasta que mi cuerpo se pegó al tuyo.

Con qué facilidad te empalmabas, Aidan. Mi deseo por ti se multiplicó. Rodeé tu cuello con los brazos, te miré la boca deseosa de probarla y tus labios se enroscaron con los míos. Me metiste la lengua hasta el fondo, demasiado efusivo para mi gusto, pero te seguí el juego. Estuvimos besándonos como si se fuera a acabar el mundo… ¿Cuánto? ¿Veinte minutos? Descendiste la mano por debajo del agua hasta llegar a mi sexo, que frotaste repetidas veces haciéndome enloquecer. Gemiste en mi oído, me retiraste la tela del bañador y me metiste los dedos. Tan pronto como entraron, salieron. No era el momento. Nunca debió serlo.

—Ahora no —te dije, sumergiéndome en el agua e ignorándote.

«Jared. Jared. Jared. Ojalá fueras Jared».

12

Los Hamptons
Julio, 1997

Después de cenar, la intención era salir de casa, unirnos al bullicio y contemplar los fuegos artificiales desde la calle, pero te dije que necesitaba estar sola. Me habías agobiado con tus intentos de meterme mano y volver a besarme y que no se quedara en un simple calentón como el de la mañana en la piscina. Y tú podrías haberme soltado algo así como:

—¿Para qué me has traído, Eve? ¿Para ponerme cachondo y no hacerme nada?

Lo habría entendido.

Estabas confuso y decepcionado contigo mismo

o conmigo, no sé, nunca he sabido qué se te pasa por la cabeza. Pero sí supe que la seguridad que siempre mostrabas se te escurría como arena entre los dedos al ver el poco caso que te estaba haciendo.

Salí al jardín, bordeé la piscina y caminé hasta la orilla sin más compañía que mis pensamientos. La playa parecía un bucle de plata deslustrada y las olas dejaban una línea de espuma brillante al finalizar su viaje en la orilla.

Al pisar la arena blanca de la playa privada, el firmamento se agrandó como un oscuro lienzo repleto de puntitos de luz.

A lo lejos se oía gente, música, el olor a perritos calientes y barbacoas flotaba en el aire, y los fuegos artificiales no tardarían en llegar para inundar el cielo nocturno. Llevaba conmigo mi teléfono móvil, maldita la hora en la que han puesto a nuestro alcance esa tecnología sin necesidad de cables, con la que puedes cometer acciones indebidas como la de llamar, en el momento menos oportuno, a tu ex. Había bebido un poco, durante la cena no paraste de llenarme la copa de vino, así que seleccioné el contacto de Jared que había guardado en la agenda del móvil el mismo día en el que me dio su tarjeta de visita.

Contestó al tercer tono.

—Jared… —susurré, mi voz amodorrada por la ingesta de alcohol, algo que él percibió en el acto, solo con la pronunciación de su nombre.

—Eve, ¿has bebido?

—Un poquito.

—Oye, ahora no es buen…

—Jared, quiero…

—¿Dónde estás? —me interrumpió, sin darme tiempo a decir la estupidez que tan bien había sonado en mi cabeza.

Noté la urgencia en su voz. Urgencia por colgar, por deshacerse de mí como si fuera un bicho molesto.

—En los Hamptons.

¿Sabes lo que me habría encantado que sucediera? Que Jared me hubiera dicho con ese tono grave que utilizaba en situaciones de vida o muerte: «Voy para allá».

Pero…

—Eve, disfruta de la noche. Yo… me pillas con… —titubeó, y casi pude verlo rascándose la nuca hasta hacerse daño o apartándose un mechón rebelde de la frente que, sin engominar, era incapaz de dominar—. Ahora no puedo hablar, Eve. No puedo.

La voz de Lucy se coló al otro lado de la línea y colgué con las mejillas ardiendo de vergüenza. Y entonces viniste tú cargado con una toalla que extendiste sobre la arena, una botella de vino tinto y dos copas. Me senté a tu lado, te observé sin apenas pestañear segundos antes de que los fuegos artificiales inundaran el cielo y te besé. Fuerte y exigente. Y no pude parar. No quise parar. Tus manos viajaron por mis costados atrayéndome a tu cuerpo y provocando que, una vez más, sintiese el bulto exagerado de tu entrepierna contra mi sexo. Me hiciste gemir de placer antes de estar dentro de mí. Qué guapo me pareciste. Demasiado. Tu rostro era perfecto, angelical. Y recuerdo lo que pensé mientras enredaba mis dedos en tu pelo: «Podría enamorarme de él. Podría olvidar a Jared y enamorarme de Aidan».

Me observaste hambriento mientras me quitabas la ropa. Mi pecho subía y bajaba excitado y ansioso. Yo era terreno desconocido para ti, pero sabías lo que hacías, como si conocieras mi cuerpo mejor que yo misma, hasta el punto de desatar una placentera tormenta eléctrica en mi interior. Te pusiste un preservativo y entraste en mí. Tenías una manera de embestirme enérgica, vigorosa y muy masculina. Nos miramos a los ojos en todo momento hasta que un escalofrío nos azotó avisándonos de que se acercaba el final. Redujiste el ritmo y me pediste con voz enronquecida que me corriera, al tiempo que yo me dejé ir con la respiración entrecortada. Desvié la mirada y la alcé al cielo, respirando el aire dulce, escuchando el sonido de las olas. Busqué, en silencio y reprimiendo las lágrimas, alguna similitud entre los fuegos artificiales de esa noche con los que estallaron la del 4 de julio de 1992, cuando los vi desde esa misma playa en brazos de Jared.

Dormimos juntos en mi habitación. Hicimos el amor una vez más, con las mismas ganas de devorarnos pero más lento, sin tanta prisa, examinándonos, conociéndonos.

Lo recuerdo como si hubiera
ocurrido ayer, Eve.

Pero ocurrió hace dos años, Aidan.
Bendita ingenuidad.
Qué bien se está con una venda en los ojos…
qué bien se vivía en la mentira.

13

Los Ángeles
Julio, 1997

Ocho días antes de que Andrew Cunanan asesinara a tiros a Gianni Versace en las escaleras de la entrada de su mansión de Miami Beach y protagonizara todos los programas de televisión y titulares, tú, Aidan, tú, te convertiste en una estrella, cualquiera diría que de Hollywood, porque lo que provocabas no era normal. A un escritor no solían esperarle sus fans a la entrada de los estudios donde se grababan los programas de televisión a los que fuiste en calidad de entrevistado. La cámara te adoraba. A un escritor le pedían dedicatorias en los libros, sí, es lo habitual, pero no fotografías ni su firma en el sujetador. Tampoco se pegaban ni gritaban enloquecidas para reclamar su atención. A un escritor no le lanzaban braguitas de encaje ni le hacían tantos regalos como los que te hicieron a ti y para los que necesitamos comprar una maleta extra, ni recibían cartas de amor ni les pedían matrimonio.

Revolucionaste el mercado editorial, Aidan.

Te consideraron *el top model de la literatura*, apodo con el que yo, que me llevaba la medalla por haberte descubierto, no me sentí a gusto, pero tú sí. Te gustaba gustar. Te encantaba provocar.

Empezaste a decirme, mientras colabas la mano por debajo de mi falda, que cualquier mujer querría estar en mi lugar. Y yo, que aun habiéndote buscado me había resistido a tener algo contigo, me lo creí. Me lo creí todo como una imbécil.

Martha Lamber empezó a exigir que la nueva ola de autores de la editorial debían ser tan atractivos como tú —tú, tú y tú—, además de cerebros brillantes, para no limitarnos a una sola gallina de los huevos de oro. Bueno. Yo discrepaba poniendo como ejemplo a Stephen King, a su fama mundial y a los millones de ejemplares que vende aun siendo... ¿se me permite decir que Stephen King es feo?

Por suerte, la chifladura en Lamber de que un autor atractivo vende más, pasó sin pena ni gloria con la misma rapidez con la que habían olvidado el macabro asesinato sin resolver de Scott. Porque lo importante no es el autor, sino su obra, la fuerza y originalidad de su voz narrativa. Y tú empezaste a tenértelo demasiado creído...

Petra, la jefa de prensa, vino con nosotros a Los Ángeles. Era exigente e hiperactiva, nos hizo dar más vueltas que una peonza, y terminábamos en la habitación del hotel con agujetas en las piernas y los pies molidos. Cenábamos en la cama. Follábamos en la ducha, contra el escritorio y en el balcón, en una pose de lo más incómoda y arriesgada, desafiando a las miradas indiscretas de los que vivían en el edificio de enfrente. Te volvía loco pensar que nos estaban mirando. Me volviste adicta a ti. Me daba la sensación de que si no te tocaba, me faltaría el aire y moriría. Ahora que lo pienso y que el dicho «la información es poder» cobra más sentido que nunca, tengo que decirte que, tal vez, no me gustabas tanto. No eras mi tipo, tu personalidad dejaba mucho que desear y apenas me contabas nada. Sabía, por experiencia, que los autores tienden a ser reservados, un pelín raritos, siempre en su mundo, con sus musas y sus voces, pero seguía conociendo muy poco de ti, demasiado poco para ser la persona con la que me estaba acostumbrando a dormir. Parecías creer que el misterio que te envolvía me atraía aún más, pero es posible que solo me atrajera la atención que había sobre ti, que todas las mujeres con las que te cruzabas te desearan y fuera yo quien te tuviera cada noche en mi cama. Me ayudaste a cerrar viejas heridas, Aidan, a sentirme menos rota, menos sola, menos triste, es cierto, pero que me devolvieras la ilusión no te exime de la culpa, de la maldad de todo lo que has hecho. Eres veneno, Aidan. Siempre lo serás.

Eve, me parece que…

Shhh…

Fueron unos días intensos de promoción. ¿Los recuerdas? Yo tenía que volver a Lamber a encerrarme en mi campana de cristal para trabajar en nuevos manuscritos, los que saldrían a partir de octubre, y tú a tu nuevo apartamento y a organizar tu vida, a pensar en tu siguiente obra maestra. La tuya, la novela del verano, seguía vendiéndose y recomendándose por todo el mundo.

Las traducciones no tardaron en llegar, así como una gira por Europa que te alejaría de mí durante semanas. En cinco días habría más entrevistas, más firmas, más presentaciones en Nueva York... Con solo ver tu apretada agenda me estresaba. Pero ya volabas solo, con Petra a tu lado como una sombra. No me necesitabas, te lo dije, lo estabas haciendo muy bien, todo seguiría yendo fenomenal, y yo, por centrarme solo en ti, tenía muchísimo trabajo atrasado.

Era increíble la cola que se formaba en las firmas, lo encantados que estaban los libreros neoyorquinos por lo mucho que se multiplicaban las ventas cada vez que entrabas por la puerta de sus librerías, y las ganas que había de una segunda novela, aun siendo reciente tu primera publicación. En Lamber y en el mundo editorial en general, nunca se había visto un fenómeno así. Inverosímil, habrían dicho hace veinte años, cuando vivir de la escritura era algo prácticamente imposible.

Pero tu historia calaba, emocionaba, perturbaba... despertaba emociones difíciles de digerir y de describir con palabras. La emoción de las primeras veces había dado paso a una rutina a la que te estabas amoldando sin problema, quizá porque pensaste que, aun siendo conocido, no había ocurrido nada de lo que creías que ocurriría si tu rostro empezaba a ganar fama a nivel mundial. Sí, podías respirar tranquilo. Nadie te seguía ni te acosaba... todavía.

Fue en el aeropuerto de Los Ángeles, a punto de embarcar de regreso a Nueva York, cuando recibí una llamada de Jared, su nombre centelleando en la pantalla de mi móvil. Debió de guardar mi número cuando cometí el error y el impulso tonto e infantil de llamarlo en los Hamptons. El pulso se me aceleró.

—Jared, estoy a punto de coger un avión, no puedo hablar.

—Eve, tenemos que vernos. Llámame cuando estés en Nueva York.

14

Nueva York
Julio, 1997

Jared no quiso decirme por teléfono para qué quería verme, pero que hubiéramos quedado en la misma cafetería del Soho donde tuvimos nuestra primera cita oficial y que viniera vestido sin su habitual traje de inspector, me hizo pensar que iba a confesarme que había roto su compromiso con Lucy por mí.

Mi imaginación había creado escenarios de ensueño junto a él pese a estar contigo. La imaginación puede llegar a ser muy cruel, casi tanto como las expectativas En ese punto de la historia, Aidan, te habría dejado por Jared, seguro, y ahora no estaríamos atrapados aquí, y tú no…

En fin.

Es una lástima no poder viajar atrás en el tiempo para poder rectificar y tener la oportunidad de tomar otras decisiones.

Sigamos.

Bajé del taxi y me detuve en el 94 de Prince Street. Entré en Fanelli's con el pulso tan acelerado como cuando contesté a su llamada en el aeropuerto. Había salido de Lamber con una carpeta gruesa bajo el brazo repleta de manuscritos, algo que hizo sonreír a Jared cuando me vio. Los recuerdos, deduje, de cuando vivíamos juntos y me veía entrando por la puerta de casa con un montón de manuscritos, algunos a punto de publicarse, otros que jamás verían la luz y que a él le gustaba leer por si me equivocaba y el mundo se perdía una joya… Sí, los recuerdos, esos que vuelven para hacernos ver que un día fuimos felices y no lo supimos valorar a tiempo.

Jared se levantó y me dio un beso en la mejilla que provocó una descarga eléctrica en todo mi cuerpo.

—¿Café? —me preguntó.

—No, mejor una limonada, que he perdido la cuenta de los cafés que llevo ya.

—Marchando.

Fue a pedir a la barra y regresó sin la sonrisa con la que me había recibido. Parecía tenso, algo le quemaba por dentro. Yo solo quería preguntarle por qué había elegido ese lugar y esa mesa, la misma en la que a unas versiones cinco años más jóvenes de ambos se les pasó una tarde volando hasta el punto de que la camarera, que ya no debía de trabajar ahí, nos pidió educadamente que nos marcháramos, que iban a cerrar.

—¿Qué tal? —me preguntó.

—Como siempre.

—No quiero entretenerte mucho, Eve, sé que debes de estar muy ocupada. —«Tú puedes entretenerme el tiempo que quieras», pensé, tratando de mostrarme imperturbable—. Amy llamó a comisaría. Preguntó por mí y hablamos. Sé que fuiste a los Hamptons con Aidan.

—Mira, perdona por llamarte. Iba un poco borracha y no tuve que...

—No, no importa, de verdad —me cortó, barriendo el aire con la mano para restarle importancia a una llamada que, por lo visto, tuvo muy poca relevancia para él—. Pero ya sabes cómo es Amy. Siente cosas. Y yo también, a mi manera, y Aidan no es trigo limpio,

Eve.

Me enfadé. Me enfadé muchísimo.

¿Qué derecho tenía de decirme que no eras bueno? ¿Acaso yo me metía con Lucy?

—Te lo dije en la librería. Aidan no me gustó — insistió, mirándome con los ojos entornados como siempre hacía cuando quería adivinar qué se me estaba pasando por la cabeza.

—Es que no tiene por qué gustarte, Jared. Me tiene que gustar a mí. Perdimos el contacto hace dos años. Que nos encontráramos hace unas semanas por casualidad y que todo el tema de Scott nos haya unido de alguna manera, no te da derecho a opinar sobre mis relaciones —me rebelé.

—Ah. ¿Estás con él?

—Sí —confirmé contundente—. Aidan y yo estamos juntos. Estoy muy enamorada de él.

¿Por qué dije eso?

Era mentira.

¿Cómo iba a estar enamorada de ti si no me dejabas conocerte, si apenas sabía nada de tu vida?

Ni siquiera estábamos juntos, solo follábamos.

Pero quería hacerle daño. Quería que sufriera como había sufrido yo cuando me enteré de su compromiso con Lucy. Ya te lo he dicho antes, Aidan, las locuras no se cometen por amor, sino por despecho, y mi mayor locura fue decir que estaba enamorada de ti, porque empecé a creérmelo, y no hay nada más peligroso que creerte tus propias mentiras.

—Como sabes, el asesinato de Scott aún no está resuelto y no quiero que sea un caso más olvidado en el archivo.

Scott. Así que me había citado por eso. Qué decepción. Me revolví en la silla incómoda, me sirvieron la limonada y le di un sorbo breve que me refrescó la garganta. Jared siguió hablando:

—El tipo que vi en las grabaciones, el de la sudadera con capucha que me pareció sospechoso y que parecía saber de antemano dónde estaba cada cámara… bueno, tiene la misma complexión y altura que Aidan.

—No, Jared, por ahí no…

—¿Aidan y Scott se conocían?

—¡No! Claro que no.

—¿Estás segura?

—Mira, esta conversación no va a ninguna parte y se acaba aquí. Estás obsesionado con el caso. Es eso, ¿verdad? Empiezas a delirar, Jared, ves cosas que no existen.

—El despacho de Scott estaba revuelto, te lo dije. Su asesino estuvo ahí, pero fue lo suficientemente astuto como para no dejar ni una sola huella, ni un solo rastro que seguir. ¿Aidan ha presentado un nuevo manuscrito a la editorial?

—No —negué con hastío—. No ha presentado ningún manuscrito porque acaba de publicar su primera novela y, si lo hiciera y fuera algo escrito por Scott, ¿crees que yo no lo sabría? Conozco el estilo de mis autores, Jared —espeté con indignación.

Jared se llevó la mano a la frente, desvió la mirada y resopló. Parecía derrotado. Reparé en sus ojeras, en su expresión cansada.

—Eve, por favor, ten cuidado con ese tío. Leí su novela y, aunque sé que no tiene nada que ver, es un tipo oscuro. Siniestro. Solo quiero lo mejor para ti. Y no podría soportar que te pasara nada.

«Lo mejor para mí eres tú. A tu lado nunca me pasaría nada», me callé, y entonces la que se llevó la mano a la frente fui yo para retirarme el flequillo y deshacerme del sofoco que me había entrado de repente.

¿Qué habría pasado si se lo hubiera dicho?

¿Qué pasaría si dijéramos todo lo que se nos pasa

por la cabeza?

¿Qué bifurcaciones tomaría nuestro destino si no tuviéramos miedo y no silenciáramos nuestros sentimientos, para así poder hablar desde el corazón?

¿Dónde estaría yo ahora si hubiera hecho lo que más me apetecía en ese momento, que no era otra cosa que besar sus labios?

—Jared, tengo mucho trabajo atrasado, me voy a casa.

—Vale —aceptó cabizbajo—. Ve, ya pago yo la cuenta.

Jared se quedó en la cafetería con la mirada fija en mi limonada. Me quedé con las ganas de preguntarle qué tal le iba con Lucy, si ya tenían fecha para la boda y cosas así, pero en realidad no quería saber nada. No quería que le fuera bien con ella. Ni con nadie... Qué egoísta por mi parte, ¿no te parece? Qué más me daba a mí, si estaba contigo, si ya había pasado página y Jared formaba parte del pasado, ¿no? Esa mala costumbre de engañarnos a nosotros mismos nunca trae nada bueno. Nunca.

La última mirada que le dediqué antes de irme, la dirigí a su mano. Algo en mi interior vaciló y vibró de felicidad al ver que no llevaba puesto el anillo de compromiso. La vida, Aidan, tú lo sabes mejor que nadie, puede cambiar en un solo segundo.

Y con los sentimientos ocurre lo mismo.

15

Nueva York
Julio, 1997

Amy también te vio. Hay personas que nacen con ese don, el de ver más allá de las apariencias, aun pecando de ser demasiado desconfiadas. Pero, por primera vez, no quise hacerle caso. Eras demasiado perfecto para mí y no quería volver a estar sola.

—Escúchame, Eve.

No me apetecía escucharla. Era sábado por la mañana, hacía un calor de mil demonios, la ciudad estaba abarrotada de turistas y, después de unas semanas intensas de trabajo, necesitaba calma. Y a Amy la quería mucho, muchísimo, pero la palabra calma no la definía en absoluto.

—Aidan tiene colores raros en su aura que me hicieron sentir náuseas. En serio, náuseas —apuntó abriendo mucho los ojos—. Cuando llegué a casa tuve que tumbarme en la cama de lo mal que me encontré al estrecharle la mano, y luego durante toda la presentación al escucharlo hablar. Verás, su aura tiene muchos colores mezclados y todos son muy oscuros. El que más destaca es el rojo, que indica que es una persona peligrosa. También hay verde, un verde muy sombrío, que significa baja autoestima y resentimiento.

—¿Aidan baja autoestima? —Me reí—. Eso sí que no y menos ahora.

—Y rosa —añadió—, un rosa turbio, signo inequívoco de deshonestidad e inmadurez. Y te ríes —se indignó—. Te ríes porque ves cómo Aidan se presenta al mundo, pero yo he notado y he sentido la discrepancia entre su aura y su cara externa y es muy fuerte, Eve, mucho, como si observara a la gente y decidiera qué quiere mostrar. Es peligroso. En serio, Aidan es muy peligroso.

—¿Por qué? —quise comprender.

—Porque está simulando ser alguien que no es para estar contigo. Apuesto todo lo que tengo a que fue a

Lamber por ti. Que te había investigado y sabía quién eras incluso antes de llegar a Nueva York —me aseguró, mirando a su alrededor como queriéndome decir que, si estabas conmigo, era por mi dinero, mis propiedades o mi puesto como editora en Lamber, y no porque mereciera ser querida o no fuera lo suficientemente guapa o buena para llamar la atención de alguien como tú.

—¿Y quién no finge hoy en día, Amy? —Intenté quitarme de encima sus palabras hirientes que me hicieron sentir chiquitita e insignificante—. Tú también finges, yo finjo, todos lo hacemos.

—Pero no con maldad.

Maldad. Uau, qué palabra. Qué poco significado tuvo para mí entonces.

—No me vas a hacer caso —dedujo, componiendo un mohín de aflicción.

—Mira, Amy, me siento a gusto con él. Que a ti o a Jared no os guste, es algo que ahora mismo no me importa.

—Jared… está preocupado. Se le ha metido en la cabeza que Aidan asesinó a Scott.

—¿Pero te das cuenta de lo ridículo que suena? Aidan lo tiene todo para ser una estrella por méritos propios, su obra es una genialidad y él está llevando la promoción con mucha profesionalidad. A los lectores les encanta, su presencia mueve masas, es increíble, nunca había visto nada igual con un autor.

—Les encanta, ya… un lobo disfrazado de cordero, eso es lo que es —soltó con desprecio—. Piénsalo. Es solo un pálpito, no hay ni una sola prueba que lo inculpe, pero la novela del verano iba a ser la de Scott, y la de Aidan no se habría publicado hasta otoño o no habríais invertido tanto en *marketing* y habría pasado sin pena ni gloria. Por otro lado, está el tema del despacho desordenado de Scott. ¿Qué buscó su asesino ahí?

Me pasé la mano por la cara mientras la rabia burbujeaba en mi interior. Amy, con complejo de *Miss Marple*, podía llegar a ser insufrible. Era de locos que pensaran que tú, debido al éxito repentino que estabas teniendo, le hubieras rajado el pescuezo a Scott.

—Estoy cansada de escuchar idioteces, Amy.

—Pues ahí va otra idiotez: Jared ha roto su compromiso con Lucy.

—Lo sé.

—¿Lo sabes?

—No, no lo sabía, pero quedé con él hace dos días y no llevaba el anillo de compromiso, así que lo deduje.

¿Sabes por qué lo han dejado?

—Ocurrió la noche del 4 de julio, es lo único que sé. Te dije que Jared seguía enamorado de ti. Se le notó en cuanto te vio en la cafetería o en ese momento volviste a despertar el sentimiento, qué se yo. Lo suyo con Lucy era algo pasajero, jamás debieron ir tan lejos, y menos mal que él lo ha sabido ver antes de plantarse en el altar. Al verte, le pasaría lo mismo que a ti, que donde hubo fuego quedan cenizas y esas cosas que tu abuela escribía en sus novelas de forma magistral. Lo importante es que él ha dado el paso. Ha roto el compromiso. ¿Qué harás tú? Oye, por cierto, ¿tienes un ejemplar de *Sucedió en la Toscana*? Es mi novela favorita, se la presté no recuerdo a quién y no la encuentro.

Me alucinaba la facilidad que tenía Amy de pasar de un tema a otro. Así de distraída era. Así de especial. No me dio tiempo ni a protestar con respecto a que mis sentimientos por Jared se habían avivado desde nuestro encuentro en la cafetería, lugar de paso, ya que horas más tarde se habría presentado de todas formas en la editorial. Sin querer, Aidan, atrajiste a Jared de vuelta a mi vida y es lo único por lo que te estoy agradecida. Lo único.

El primer piso de la casa de la abuela era para

visitas, reuniones y fiestas exclusivas que no volvieron a celebrarse tras su muerte. Cuando cumplí la mayoría de edad, me fui a vivir al segundo piso, una especie de apartamento enorme con estancias diáfanas, también ostentoso, pero algo más discreto, que he ido adaptando a mi estilo.

Me levanté del sofá y fui hasta el despacho en busca de un ejemplar de *Sucedió en la Toscana*. Tenía cientos. También era una de las novelas preferidas de Jared, aunque no solía leer novela romántica. Le gustó la leyenda del hilo rojo, tan protagonista en la trama como sus personajes, que afirma que aquellos que están unidos por el hilo rojo vivirán una historia única, y no importa cuánto tiempo pase o las circunstancias de la vida, porque el hilo puede enredarse, estirarse, tensarse o desgastarse, pero nunca romperse. Supongo que, en aquel momento, el hilo rojo que siempre he creído que me unía a Jared estaba tensándose por mi estupidez al rechazar lo que sentía, y el nuestro, Aidan, creándose. Los inicios con alguien nuevo siempre son emocionantes, ¿no te parece? Pero empiezo a creer que también están sobrevalorados.

—Toma. —Le di el libro a Amy—. No lo pierdas.

—Nunca más. No volveré a prestarle un libro a

nadie, que, por lo visto, son rencorosos y no regresan.

—Eso es —reí, aliviada porque Amy no volviera a mencionarte, ni a ti ni a tu aura de tonalidades oscuras.

Pero sonó el timbre.

—¿Esperas visita?

Amy se puso tensa como la cuerda de un arco. Te presintió antes de tenerte delante. Bajé las escaleras y abrí la puerta. Efectivamente, eras tú.

—¿Qué haces aquí? —te pregunté dejándote entrar.

—Quería verte. Necesitaba verte, hace cuatro días que no sé nada de ti y es... es insoportable.

Qué exagerado has sido siempre, Aidan.

Qué teatrero, qué dramático.

—Sube, está Amy.

—Ah, sí, Amy —murmuraste torciendo el gesto.

Cuando Amy te vio, se levantó como un resorte del sofá y empezó a temblar.

—Hola, Amy, ¿qué tal?

—Ya me iba —se apresuró a decir mi amiga, mirándote con recelo como si la fueras a atracar.

—No es necesario que te vayas —intervine yo.

Quería que te diera una oportunidad y que os conocierais. Para mí era importante que os llevarais bien, pero, mientras yo veía a un triunfador nato, un genio de la literatura, guapo a rabiar y elegante, ella veía tu interior podrido.

—Sí, me tengo que ir… Nora lleva demasiado rato sola en la tienda.

—Como quieras… —acepté.

Amy pasó por tu lado sin mirarte. No pudo. Cuando me despedí de ella, comentaste:

—No le caigo bien.

—No se lo tengas en cuenta, Amy es especial.

—Especial… Rarita, más bien.

No me gustó cómo chasqueaste la lengua y desviaste la mirada hacia la ventana, donde sé, lo sé porque Amy me lo dijo, la miraste desafiante al tiempo que ella alzó la cabeza en tu dirección.

—Espero que tengas criterio propio, Eve, que no seas de las que se dejan llevar por lo que opinan los demás.

Tu tono no era el de siempre. ¿Tenías un mal día? No me lo tomé a pecho.

—Por supuesto que tengo criterio propio. Y no le hago caso, ni a ella ni a Jared.

—¿Jared?

Nunca tuve que decir su nombre, ¿verdad? No

te acordabas de él y fue entonces cuando empezaste a tenerlo en el punto de mira por mi culpa. Te conté brevemente quién era. Mi ex y el inspector de policía que llevaba el caso del asesinato de Scott. No pareció importarte o eso me pareció. Siempre has sabido disimular tan bien… podrías haber sido un gran actor.

Me senté a tu lado. Te pregunté si querías café, té, un refresco… Contestaste que no, que solo me querías a mí, que tenías… ¿cómo dijiste?

Hambre de ti…

Eso es, hambre de mí.
¡JA!

Pero yo solo quería…:

—Yo quiero hablar, Aidan. Siento que apenas te conozco, que no sé nada de tu vida, que siempre que intento preguntarte algo sobre tu infancia, tu familia, tu casa, si tienes hermanos o no…, me evitas y cambias de tema.

—Tenemos todo el tiempo del mundo, Eve, para eso y para mucho más. Me gusta mantener el misterio, porque, si lo supiéramos todo el uno del otro, nos aburriríamos rápido, ¿no crees? —te excusaste, posando la yema de tu dedo índice en mis labios, y a mí me pareció bien. Escondiste tu perfecta cara en mi cuello, aspiraste mi aroma, como si quisieras embotellarlo y llevártelo contigo, levantaste la barbilla y me rozaste el lóbulo de la oreja con la punta de la nariz provocándome un estremecimiento. Seguidamente, me susurraste con voz ronca y profunda al oído—: Ahora quiero estar dentro de ti. Quiero que seas mía, Eve. Siempre mía…

Y caí.

¿Cómo no lo supe ver?

Cuánto me gustaría regresar a esa mañana, no haberme reído de lo que creía que eran paranoias de Amy, y advertirle a la ingenua que fui que te echara de su vida antes siquiera de haberte dejado entrar en ella. Hay relaciones que deberían estar destinadas a terminar incluso antes de empezar.

16

Acapulco
Agosto, 1997

A mediados de agosto y antes de que te fueras de gira a Londres, Francia e Italia para seguir promocionando las recientes traducciones de tu novela y estuviéramos semanas sin vernos, dejamos atrás la rutina de Nueva York y viajamos al paraíso de Acapulco a no hacer otra cosa que no fuera tostarnos al sol, refrescarnos en sus aguas cristalinas y beber cócteles a mansalva.

Por mucho que te diera el sol, no había manera de que tu piel blanca como la leche cogiera color, si acaso se volvía un poco roja, pero no como para ir a urgencias por quemaduras de gravedad. Yo me reía, porque, internamente, seguía comparándote con Jared y su piel siempre morena, y tú al principio también, mis comentarios te hacían gracia, pero luego te cansaste, empezó a molestarte, y un día replicaste entre dientes:

—Para ya con el temita, Eve.

—Perdona.

Esa fue nuestra primera discusión, si es que a eso se le puede llamar discusión. Ahora suena tan ridículo… No me hablaste durante quince minutos, hasta que se te pasó gracias a aquel polvo épico entre palmeras con el riesgo de que cualquier otro turista en busca de calma nos descubriera.

El deseo que sentían tus lectoras por ti me excitaba y me hacía sentir especial al haber sido «la elegida», pero en Acapulco, de vacaciones, sin obligaciones y sin la etiqueta de «escritor revelación», las mujeres seguían mirándote con deseo. No pasabas desapercibido, Aidan. Y era algo que no me incomodaba, nunca me he considerado una mujer celosa y tampoco me diste motivos para serlo porque no devolviste ni una sola de esas miradas.

—¿Qué somos, Eve? —me preguntaste una noche de luna llena, mientras cenábamos en la terraza del hotel donde, como en otros lugares, te gustaba provocarme y colar la mano por debajo de mi falda o mi pareo, según lo que llevara puesto. Me habría quedado en ese instante para siempre, con el olor a salitre y a pescado frito flotando en el ambiente, la música en directo y el murmullo de las conversaciones ajenas, tus dedos humedeciendo mi sexo oculto debajo del mantel y tu mirada azul despiadadamente sexi.

—Editora y escritor —contesté en broma, pero tú no querías bromear, tú querías ir más allá.

—Me gustas. Me gustas mucho, hacía tiempo que yo no… que yo no sentía esto que siento por ti.

—¿Cuándo fue la última vez que sentiste algo así? —quise saber. No era simple curiosidad o interés por ti. Lo que quería era evitar el tema. Porque no, Aidan, yo, entonces, no sentía nada por ti. Me gustaba tener sexo contigo, claro, hasta el punto de creer que me estaba volviendo adicta, pero de ahí a empezar a sentir tanto y tan intenso como parecías sentir tú… Todo iba demasiado deprisa, como tu ascenso a las estrellas, y una parte de mí estaba asustada.

Después de formular la pregunta, se produjo el tipo de silencio que puede cortarse con un cuchillo. Una sombra cruzó por tus ojos. Retiraste la mano de mi sexo, una guarrada teniendo en cuenta que estábamos cenando, y le diste un trago a la copa de vino. Sin mirarme, empezaste a hablar:

—Empecé a sentir lo mismo que siento por ti hace diez años, cuando era un crío de diecisiete atrapado en un pequeño pueblo de Irlanda. Se llamaba Aíne, que significa gloria y esplendor, así era ella, y estuvimos juntos hasta hace un año y medio, cuando…

Frenaste en seco y una lágrima recorrió a cámara lenta tu mejilla. En serio, a cámara lenta, como si la lágrima necesitase detenerse en cada surco de tu piel. Nunca creí que se pudiera llorar así.

—Aidan, ¿qué pasó? —te animé a seguir con voz meliflua y el corazón en un puño.

—Aíne murió. —Agachaste la cabeza, te llevaste la mano en forma de puño a la boca y, con los ojos cerrados, sacudiste la cabeza repetidas veces hasta añadir—: Perdona, no quiero hablar más del tema.

Lo respeté, por supuesto, cómo iba a pensar que eras un peliculero y un mentiroso, aunque las ganas de saber de qué había muerto Aíne me torturaron durante toda la noche. ¿Querría haber hablado yo de Jared si hubiera muerto? No. Solo imaginarlo me dolía. Pero al fin te habías abierto un poco a mí. Y había un motivo por el que eras tan misterioso, tan hermético con respecto a tu vida anterior. Tu novia había muerto. Algo así marca a cualquiera, con razón no te gustaba hablar de ti o de la vida que habías dejado atrás en Irlanda. Por eso a Amy no le gustabas, me convencí, porque arrastrabas una tragedia que ennegrecía el aura.

La cuestión es que no sé qué se me pasó por la cabeza para coger el móvil y llamar a Jared. Siempre me preocupó su trabajo. Cuando vivíamos juntos, no me quedaba tranquila hasta que llegaba a casa después de una noche de guardia. Si ya de por sí, el hilo que separa la vida de la muerte es muy fino, en su profesión nunca se sabe. Y, pese a no estar con él, no concebía un mundo sin Jared. Si él dejaba de existir, ¿para qué seguir respirando?

Eran las dos de la madrugada, tú dormías y yo necesitaba escuchar la voz de mi ex, asegurarme de que estaba vivo, a salvo, bien.

El aire olía a plumerias, a sal y a mar. Había hogueras a lo largo de aquellos cuatro kilómetros de costa, con gente hablando y bailando a su alrededor. El sonido de las risas se elevaba sobre el rumor de las olas.

Jared me contestó con voz adormilada cuando, después de esperar varios tonos, estuve a punto de colgar.

—Eve, ¿sabes qué hora es?

—No puedo dormir.

—¿Estás bien? —preguntó alarmado, y casi pude verlo abriendo los ojos de golpe e incorporándose con rapidez de la cama.

—Sí, sí, todo va bien… estoy en Acapulco con…

—Aidan —terminó por mí con resignación.

—Sé que lo tuyo con Lucy no salió bien. Lo siento. Parecía buena chica.

—No era para mí.

—¿Por qué nunca hablamos de casarnos, Jared?

—Eve…

—Ya. Hay preguntas que es mejor que se queden sin respuesta.

—Oye, ¿Aidan te trata bien?

—Sí. Soy feliz a su lado. Todo va bien.

—Me alegra oír eso.

«¡No, Jared, no! Dime que deje a Aidan, dime que quieres estar conmigo», gritaba yo desde lo más profundo. Aún no lo sabía, pero era la última oportunidad que le daba a Jared para no iniciar una relación contigo e irme con él. Sin embargo, la desaprovechó y luego… luego me quise convencer de que ya era tarde.

—Sí, ya. Bueno, perdona por llamarte a estas horas,

153

Jared. Sigue durmiendo.

¿Y te parecía bien llamar a tu ex mientras estabas conmigo, Eve?

No me hagas reír, Aidan…

A la mañana siguiente, resacosa porque después de mi breve conversación telefónica con Jared terminé con todas las botellitas de alcohol del minibar de la habitación, te dije mientras nos bañábamos en las aguas cristalinas:

—Yo también siento mucho por ti, Aidan. Así que… dímelo tú: ¿Qué somos?

—Seremos lo que quieras —me susurraste al oído, feliz, estrechándome contra tu cuerpo y besándome hasta dejarme sin aliento. Pensaba que jamás me cansaría de tus manos recorriendo mi cuerpo, de tus labios ávidos de los míos.

—Entonces lo vamos a ser todo, Aidan. Todo.

17

L o lograste, Aidan.

Habían transcurrido cinco meses desde el asesinato de Scott. Hay que tener la sangre muy fría para seguir respirando con normalidad después de haber hecho algo así.

Dime, ¿cómo conseguías dormir por la noche?

El caso estaba en punto muerto, archivado por falta de pruebas, una mancha con tintes personales en el expediente de Jared, que no se perdonaba no haber resuelto el caso.

A media mañana de un día cálido de septiembre, Jared me sorprendió entrando por la puerta de la editorial. Sin darle tiempo a Lauren de que se pusiera nerviosa por la presencia de un policía, le hice pasar a mi despacho. Jared me miró con gravedad, y, antes de hablar, sacudió la cabeza, como preguntándose qué hacía ahí, qué impulso lo había llevado hasta Lamber donde sabía que me encontraría.

—¿Dónde está Aidan?

Fue lo primero que me preguntó. Me dio un vuelco el corazón. Pensé que te había seguido la pista y había dado con algo que te culpaba de la muerte de Scott. Pero fue un pensamiento fugaz.

¿Porque cómo ibas a hacer tú algo así?

Visualicé tu cara angelical. Tu mirada clara, cristalina. Alguien como tú no podía ser un asesino. Los asesinos se esconden, ¿no? Y tú estabas dando la vuelta al mundo, no te escondías, eras conocido y reconocido y hasta las estrellas que se te habían prometido cinco meses atrás en ese mismo despacho donde ahora estaba Jared, se te habían quedado pequeñas.

—Está en Italia, de promoción —contesté—. Volverá de su gira por Europa en dos semanas.

—¿Eve, por qué me llamaste desde Acapulco?

—¿Has venido para hablar de nosotros?

—Sí.

—Si en aquel momento me hubieras… —Me callé. Pensé en ti y en tu maravillosa novela, en el esfuerzo que estabas haciendo para salir adelante tras la muerte de tu novia. En el sexo desenfrenado que teníamos, intenso, duro, pasional, dulce… y me di cuenta de que no podía vivir sin eso. Atento: sin eso. No sin ti—. Ya no hay un nosotros, Jared. Estuvimos dos años sin llamarnos, sin saber nada el uno del otro, y, en ese tiempo, yo estuve sola y rota y tú empezaste una relación. Aun llevando poco tiempo con Lucy, te ibas a casa con ella, cuando conmigo siempre evitaste hablar de ese tema. Eso me hace pensar que, a veces, no es el tiempo, sino la persona la que nos lleva a tomar una decisión tan importante. ¿Pero qué te ha hecho cambiar de opinión para romper tu compromiso? —Jared se encogió de hombros, miró hacia otro lado. Seguí hablando—: Si fui yo, te pido disculpas, porque mi puerta está cerrada. Si me enteré de tu compromiso con Lucy no fue por ti, porque no teníamos contacto. Me lo dijo Charles. Pero, si la víctima no hubiera sido Scott, ni siquiera habríamos coincidido en esa cafetería de Harlem, Jared. Seguiríamos ignorándonos. Y ya estarías casado con Lucy.

—A lo mejor no, Eve. No sabes por lo que pasé

después de nuestra ruptura. En realidad, ninguno de los dos quería dejarlo, ¿no? Pero el tiempo, el trabajo, la rutina, el desgaste... Joder, si algo se rompe hay que arreglarlo, no tirarlo sin darle una segunda oportunidad. Con Lucy era fácil. Simple. No tenía que esforzarme lo más mínimo y después de dos años te estaba empezando a olvidar, pero entonces te volví a ver y eso fue... — No le salían las palabras. Jared estaba nervioso, la nuez de su cuello subía y bajaba frenéticamente, casi podía oír sus latidos revolucionados—. Eve, yo nunca... tú nunca desapareciste de aquí.

Dirigió la mano derecha a su pecho, ahí donde latía su corazón. Y a mí se me partió el alma en dos.

—No voy a volver a llamarte a deshoras y sin ningún motivo, Jared —zanjé, presintiendo que llegaría el día en el que me arrepentiría de no haber sido sincera con él.

—¿Le quieres? ¿Quieres a Aidan?

—Sí —contesté bajito, dirigiendo la mirada a un nuevo manuscrito que me había llegado hacía una semana y que, curiosamente, se titulaba: *Nunca es tarde.*

Jared levantó las manos en señal de rendición y asintió repetidas veces con la mirada perdida.

—No me voy a meter más, estás con él y lo acepto,

pero si en algún momento ese tío te hace…

—No es el monstruo que Amy y tú creéis que es.

—No te pido que me hagas caso a mí, pero escucha a Amy. Cuando a ella no le gusta una persona, es que algo pasa.

Y vaya si pasó…

—¿Ahora crees en el aura, Jared? —le pregunté con retintín.

—Siempre he creído en Amy, en sus locuras y delirios, pero eso no quita que también me gustara chincharla de vez en cuando.

—Con Aidan estáis equivocados. Los dos —insistí—. Además, hablando del tipo que viste en las grabaciones, ¿cuántos hombres hay en Nueva York con la misma altura y complexión que Aidan? Millones. Te has obcecado con él sin motivo.

«¿O acaso estás celoso?», me mordí la lengua.

—Es posible que tengas razón. Siento no haber hecho más por Scott, nadie merece un final tan violento como el que él tuvo. Me voy, Eve, no quiero molestarte más.

—No me molestas —repliqué, no para retenerlo, pero es lo que se suele decir para quedar bien.

—Por último, quiero que te quede claro que sigo

aquí. Que puedes llamarme a cualquier hora, para lo que sea, para lo que necesites. Ahora teniendo móvil es más fácil que con un busca. Ojalá haber tenido tu número antes. Ojalá… —sacudió la cabeza, se mordió el labio inferior y supe que estaba librando una gran batalla en su interior por cómo añadió—: Joder, Eve, aún tienes la capacidad de dejarme sin aliento.

Acto seguido, Jared se fue. Y me dejó con la palabra en la boca y el corazón tan desbocado como deshilachado. Lauren, que nos había estado mirando de manera descarada, me dijo que, aunque fuera policía y la presencia de cualquier cuerpo de seguridad la alteraba, no le importaría lo más mínimo que Jared siguiera viniendo a Lamber con asiduidad.

—Madre mía, es que está buenísimo —suspiró, añadiendo a Jared a su colección de imposibles.

Qué fácil habría sido seguir a Jared, reconocer que su sentimiento era correspondido y haberte dicho que, entre tú y yo, no volvería a pasar nada.

Pero no, yo tuve que ir a contracorriente, a no conformarme con lo fácil, lo conocido, lo que realmente deseaba y me negaba, y meterme, sin saberlo, en la boca del lobo.

Fui al despacho de Martha y le dije que, por expreso

deseo tuyo, requerías mi presencia en Roma, aunque eso supusiera hipotecar las noches del próximo mes para sacar adelante todo el trabajo.

—¿Y qué vas a hacer en Roma? Aidan tiene suficiente con Petra.

Odiabas a Petra. Sus prisas y su voz estridente, su manera tosca de caminar con el cuello echado hacia adelante y sus tics nerviosos en el párpado derecho.

—Después del ajetreo que ha tenido en Londres y en París, donde lo han recibido más efusivos incluso que aquí en Nueva York o en Los Ángeles, que ya sabes que fue una locura, Martha, una locura, está muy agobiado —exageré, sabiendo que, si Martha te llamaba, pillarías mi plan al vuelo y le seguirías la corriente—. Me ha dicho que, si no voy a Roma, lo deja todo y regresa a Nueva York mañana mismo —añadí con desesperación.

—Ah, no, eso sí que no. Por contrato tiene que cumplir con sus compromisos. Entiendo que esté cansado, que todo haya ido demasiado rápido, sea más duro de lo que imaginaba y necesite volver a la tranquilidad de escribir, pero... —Martha resopló, miró algo en su ordenador y, finalmente, aceptó—: Ve, ve. Que no se agobie, no vaya a ser que se vaya con la competencia. Aidan es una mina de oro que hay que conservar —resolvió con firmeza.

18

Roma
Septiembre, 1997

Siempre me ha gustado Italia y su calma, lo distinto que se ve el mundo entre sus calles empedradas y sus gentes tranquilas que, como me aconsejó la abuela que hiciera, trabajan para vivir, no viven para trabajar. Los americanos deberíamos aprender de los italianos a saborear cada instante, cada comida, cada conversación, cada café…, a tomarnos la vida con más serenidad, sin tanta prisa.

Después de una presentación en una librería pequeña y encantadora del centro, en la que aseguraste tener la muñeca destrozada y me preguntaste si es posible tener agujetas en esa parte de tu cuerpo a la que nunca le habías prestado atención, nos sentamos en las escalinatas de piazza di Spagna, dándole la espalda a la iglesia Trinità dei Monti.

Saboreábamos un helado de vainilla.

Momentos sencillos entre una pareja que, nada más empezar, tenía secretos, aunque por aquel entonces no reparara en esa brecha que terminaría destrozándome. Mientras contemplábamos cómo las nubes variaban de forma y color, del azul acero al rojo bermellón del atardecer, me regalaste otro detallito sobre ti:

—A mi madre le encantaba el helado. Pero en Irlanda casi siempre hace mal tiempo y no apetece. Además, la pobre tenía las encías sensibles.

—¿Qué le pasó? —te pregunté, en vista de que hablabas de ella en pasado.

—Murió hace muchos años.

—Lo siento.

—Fue una época difícil. Me quedé solo con mi padre y, de un día para otro, él desapareció.

—¿Desapareció?

—Se fue. No teníamos una buena relación —confesaste con la mirada perdida.

—¿No lo buscaste? ¿Y si le pasó algo?

—No me importa. No era un buen hombre, Eve.

164

—Intuyo que no has tenido una vida fácil y por eso no quieres hablar del pasado, Aidan, pero puedes confiar en mí. Estoy aquí, contigo, he mentido a mi jefa para venir a verte y para...

—Dime que me quieres follar hasta dejarme seco —me interrumpiste, dándome un mordisquito en el cuello. Me quedé de piedra. ¿Habías dicho lo que me había parecido escuchar cuando estábamos profundizando y tu comentario estaba fuera de lugar, o el desfase horario me estaba afectando más de lo que creía y me lo había imaginado?

—Aidan, estábamos hablando de la confianza, de...

—Dímelo —insististe, y se me hubiera escapado la risa si no me hubieras cogido de la barbilla con una violencia que no quise ver en aquel momento, obligándome a levantar la cabeza y a mirarte a los ojos.

—Quiero... —Tragué saliva. No lo quería decir. No quería... Me entraron unas ganas terribles de llorar—. Quiero follarte hasta dejarte seco.

—Más alto.

Miré a mi alrededor abochornada. Si lo decía más alto, la pareja de al lado me oiría, estaban demasiado cerca y...

—Más alto, Eve.

—Quiero follarte hasta dejarte seco.

—Buena chica.

Acercaste tu cara a la mía con tanta rapidez, que parecía que me fueras a dar un golpe en la frente. Pero me mordiste el labio inferior y me besaste con tal intensidad, que me dio la sensación de que nos quedaríamos enganchados.

No me gustó. Pero creí que te gustaba jugar. Que el sexo era importante para ti.

Así que, una vez más, te seguí el juego.

Quería complacerte, que no te enfadaras conmigo.

Y lo siguiente fue follar en un callejón escondido y oscuro cercano a la plaza, cercado de fachadas inundadas de hiedra, con las paredes beige desconchadas y ropa tendida en las ventanas. Creo, Aidan, que la frase que se le atribuye a Oscar Wilde retrata bastante bien lo que ocurría entre nosotros: «Todo en la vida trata sobre el sexo, excepto el sexo, que trata de poder». Era lo que querías, ¿verdad? Ejercer un poder y un control enfermizo sobre mí, que terminaría convirtiéndome en lo que soy, dos años y tres meses después de lo que hoy consideraría una violación en un callejón de Roma: un cuerpo deshecho con el alma rota.

19

Nueva York
Noviembre, 1997

Éramos pareja, Aidan.

Una pareja aparentemente normal y corriente que vivía un otoño de ensueño en la ciudad que nunca duerme, protagonista de innumerables películas que nos gustaba ver acurrucados en el sofá con un enorme bol de palomitas.

Habían transcurrido dos meses desde aquella situación extraña en Roma.

No habías vuelto a comportarte de una manera tan cerda y déspota, así que, con las típicas excusas que solemos darnos a nosotros mismos cuando nos negamos a ver que algo no va bien, lo achaqué al cansancio y a la presión a la que habías estado sometido. Como había dicho Martha, la fama te había llegado demasiado rápido y tan de repente, que era algo complicado de gestionar. En Lamber lo habíamos visto más veces, autores convertidos en estrellas casi de la noche a la mañana, si bien no atrajeron tanto como tú. Tu atractivo jugó a tu favor, pero también en tu contra, y el halo de misterio que te envolvía era algo hipnótico difícil de ignorar incluso para mí, consciente de que todavía había muchas cosas que no sabía de ti.

Seguías estando en todas partes. Tus lectores, después de devorar tu novela y no hallar enseguida otra genialidad, querían más, y entiendo que eso pueda ser desconcertante cuando llevabas toda la vida siendo un mindundi.

Ya no nos escondíamos cuando venías a verme a Lamber. Todos sabían que teníamos una relación más allá de lo laboral, y a nadie le importó, aunque era consciente de las fatales consecuencias que podía acarrear para el negocio si nos separábamos o acabábamos mal, y no eran pocas las editoriales que estaban intentando tirarte el anzuelo con suculentos números de seis cifras. Seguían recibiéndote como a un rey y yo seguía sospechando que te habías follado a Martha. O, peor aún, que seguías follándotela aun estando conmigo. Y no, no me digas que no. Pero, a estas alturas, me da igual la respuesta. Asumo que no siempre podemos tener las respuestas a las incógnitas que se nos presentan a lo largo de la vida.

A pesar de que seguían reclamándote en muchas librerías, los meses intensos de gira, entrevistas, presentaciones y firmas habían llegado a su fin. Solían preguntarte si ya estabas trabajando en una nueva historia, tú asentías y yo sabía que no, que no estabas escribiendo nada, que no había ninguna idea revolucionando tu mente ni musas revoloteando a tu alrededor. Tampoco dejabas que yo, como tu editora, te ayudara a seguir impulsando tu carrera, aun cuando asegurabas que no querías quedarte como autor de una sola novela por muy bien que fueran las ventas y pudieras vivir desahogadamente de los derechos durante años. Un talento como el tuyo había que exprimirlo al máximo, sacarle todo el jugo.

—Nunca te he visto leer. No tienes libros en casa, no...

—¡No necesito leer para escribir bien! —me

gritaste.

—Estás equivocado, Aidan —repliqué con calma pese a tu rostro repentinamente encendido de rabia—. Los mejores escritores son lectores apasionados. Se nutren de las historias de otros. Para escribir, es primordial leer. ¿Por qué no tienes ningún libro en tu apartamento?

Y entonces te derrumbaste. Y me dijiste, entre lágrimas, que habías tenido que deshacerte de toda tu colección de libros para poder venir a Nueva York a cumplir tu sueño de ser escritor, lo único que te había mantenido cuerdo y con un poco de ilusión para seguir hacia delante tras la muerte de tu novia. Como con todas tus excusas, te creí. Y era la pena que sentía por ti la que me empujaba a querer estar contigo, a cambiarte la vida, a hacerte feliz. Habías sido tan desdichado en Irlanda… Intentabas huir de un pasado que pesaba, no me podía imaginar cuánto habías sufrido, cuánto te seguía doliendo. Lo que pasa es que, entre el pasado que me contaste y el real, hay un abismo. Pero qué iba a saber yo.

Idiota de mí, te abracé y te pedí perdón. Aunque la novela te estaba dando excelentes beneficios y gracias a los anticipos tenías dinero de sobra para comprar una librería entera si hubieras querido, te sugerí que vinieras a mi casa y cogieras todos los libros que quisieras. Entonces el orgullo te pudo. Me volviste a gritar, me dijiste que no necesitabas caridad. Salí de tu apartamento sin apenas muebles ni alma con lágrimas en los ojos, me subí a un taxi y el primer destino que se me ocurrió fue el barrio de Harlem. La tienda de Amy había sido mi refugio desde siempre. Sentía tanto haberme distanciado de ella... tanto... Porque estaba cansada de que me dijera que no eras un buen tipo, que escondías algo, que tu aura tenía colores turbios y que tuviera cuidado. Por una vez, no le hice caso respecto a un hombre; me bastaba con que no me escondieras que tenías mujer e hijos o amantes desperdigadas por todo el mundo. Te veía perfecto. Con tu carácter, sí, y tus arranques extraños e incluso violentos, pero era por la presión y por todo lo que habías vivido, ¿no?

Pobre Aidan, ya había sufrido demasiado...

Sabías que Amy no hablaba bien de ti, que te tenía calado, ya que, en algún momento, no recuerdo cuándo, te dije que ella percibía cosas sobre las personas que el resto no. Tu rostro, siempre impasible, me impidió saber qué pensabas realmente sobre mi amiga, pero ahora que te conozco mejor, tengo la seguridad de que estabas planeando tu siguiente jugada. La peor. La que más daño me hizo. Porque veías a Amy como una amenaza que podía separarnos y tú y yo sabemos qué haces cuando ves peligrar tu plan. No te gusta perder el control, Aidan, las cosas tienen que ser a tu manera, aunque para ello te lleves a unas cuantas vidas por delante.

Por otro lado, en alguna ocasión, cuando a lo largo de esos dos meses había querido quedar con Amy, me habías persuadido haciendo planes de última hora para mantenerme ocupada. Elegí mal. Te elegí a ti. También asumo mi parte de culpa de lo que sucedió aquel día.

La tienda estaba vacía. Amy, detrás del mostrador, estaba haciendo números. Tenía el ceño fruncido y los labios apretados, parecía disgustada porque el negocio no iba bien y los números no cuadraban, pero cuando la campanita de la entrada sonó, alzó la cabeza y me vio, su mueca de disgusto se transformó. Me dedicó una sonrisa radiante y sus ojos brillaron, como si estuviera intentando reprimir las lágrimas.

—¡Eve! ¿Pero por qué has tardado tanto en venir a verme?

Amy tenía problemas económicos.

Y aun así, cuando me puse a llorar en su hombro

por algo tan tonto como haber discutido contigo, ella me acarició la espalda y no me dijo que ya me lo advirtió, simplemente se limitó a susurrarme al oído:

—Todo irá bien, Eve…

Le dio la vuelta al cartel, de ABIERTO a CERRADO, y bajamos las escaleras. Nos encerramos en la trastienda, un sótano pequeño repleto de cachivaches y una mesa redonda cubierta con un tapete de fieltro de color morado que me recordaba a la mesa de una tarotista. Preparó un té de lavanda delicioso y me permitió hablar y abrirme en canal y soltar todas las lágrimas que no había sido capaz de derramar desde aquel extraño día de septiembre en Roma en el que tu actitud me asustó. Sí, me asustó. Me asustabas, Aidan; últimamente, temía tu reacción ante cualquier comentario y me contenía, no me permitías ser yo misma.

—¿Y has vuelto a tener noticias de Jared? —quiso saber.

—No. Bueno, esa es otra historia… la tarde antes de irme a Roma, Jared vino a la editorial. Me dio la sensación de que aún no se le había quitado de la cabeza que Aidan, por altura y constitución, podía ser el hombre con capucha que grabaron las cámaras de seguridad de la calle y cuya trayectoria coincidía con la probabilidad de haber salido del portal de Scott. Pero es imposible, Amy. Aidan y Scott no se conocían. Y Aidan tendrá muchos defectos, pero no es un asesino. Y mucho menos por ocupar el lugar de otro autor, si ni siquiera sabía si la novela que presentó iba a gustar y a ser publicada. Jared tampoco tiene pruebas, al tipo no se le veía la cara. Pero luego Jared cambió de tema, hablamos de nosotros… de su ruptura con Lucy. Al final me dijo que seguía queriéndome.

«Tenías razón. En la cafetería, cuando nos encontramos, antes de que Aidan y yo nos diéramos el primer beso y yo estuviera perdida, atrapada en mi propia mentira por resentimiento, tú viste que Jared seguía enamorado de mí», me callé.

—Ya —se limitó a decir Amy distraída, en su mundo. Me miraba, pero no parecía verme—. Estaría bien que retomaras el contacto con Jared. No por el caso de Scott ni por temas chungos que tienen que ver con su trabajo, pero sí por… no sé, lo vuestro no está acabado, Eve, en realidad nunca acabó, lo sabes, y nunca has sido tan feliz como cuando estabas con Jared. Aidan no es…

—… trigo limpio —terminé por ella con hastío.

Y, a pesar de todo, seguía dando la cara por ti.

Asentí lentamente e inspiré hondo para desprenderme de la angustia que me golpeaba en el pecho. Volví a pensar que estaba harta de escuchar lo mismo una y otra vez, en bucle, pese a estar dolida contigo, porque una parte de mí quería defenderte, decirle a Amy, a Jared, al mundo entero, que no eras malo ni tan retorcido como los personajes a los que habías dado vida y que, inevitablemente, se habían hecho tan famosos como tú. Amy tenía un ejemplar de tu novela en el estante. ¿Se había dejado influenciar por tu historia? ¿No había sabido distinguir al autor de sus personajes, de sus personalidades siniestras?

Mi móvil sonó rompiendo el silencio. Amy sacudió la cabeza prediciendo que quien me estaba llamando eras tú.

—Esos artilugios van a dejar a la humanidad sin libertad ni privacidad —auguró resoplando.

—Es Aidan.

—Date tiempo, Eve. Date tiempo… —murmuró.

Una hora más tarde, Amy murió dejando un vacío terrible en quienes la queríamos, ese tipo de vacío que no se cura ni se reemplaza y que, por muchos años que pasen, seguirá doliendo.

La versión oficial de la historia sería la siguiente:

Amy y yo nos dimos un abrazo de despedida y le prometí que nos veríamos con más frecuencia aunque continuara mi relación contigo, porque una pequeña disputa no podía ser motivo de ruptura. Tenía que tener paciencia, habías pasado por mucho, el dolor de la pérdida de tu novia seguía enquistado y era normal que con muy poco te encendieras. También le prometí no dejarme influenciar tanto por mi camuflada inseguridad, a la que se le sumaba la necesidad que siempre he tenido de no estar sola, de sentirme querida. Que sentía mucho nuestro distanciamiento y que la había echado de menos.

¿Cómo iba a pensar que esa sería la última vez que la vería con vida? ¿Cómo iba a saber que ya no nos quedaba tiempo, que el suyo estaba a punto de terminar? ¿Cómo se saben esas cosas, Aidan? Es imposible. Y cuánto dolor hay en las últimas veces. En las promesas que no podemos cumplir. En las palabras que no decimos. En los abrazos que no volveremos a dar.

Salí a la calle, donde el frío de noviembre me azotó en la cara, y tú seguías llamándome, mi móvil no dejaba de sonar. ¿Viste mi cara, Aidan? ¿Viste cómo puse los ojos en blanco y resoplé, conteniendo las ganas de lanzar el móvil al primer cubo de basura que encontrara? ¿Fue mi reacción la que te empujó a hacer lo que hiciste?

Subí a un taxi. Volví a casa. Dos horas más tarde, recibí una llamada de Jared y todo se volvió tan oscuro y tan confuso, que no he vuelto a recordar qué estaba haciendo en ese momento. ¿Leyendo? ¿Preparando algo de cenar? ¿Viendo la tele? ¿Revisando manuscritos? Sentí que se abría un agujero oscuro y sin fin bajo mis pies y que la tierra me engullía.

—Eve… —murmuró Jared con voz temblorosa—. Eve, ha pasado algo…

—¿Qué? —pregunté en una exhalación.

—Amy…

No. No. No. No.

—Amy ha muerto.

—No. No es posible. Te equivocas, Jared. Acabo de estar con ella en la tienda, hemos hablado, hemos…

—Eve. Ha sido un accidente… un terrible accidente.

Y ahora, te voy a contar lo que ocurrió de verdad, aunque tú lo sabes mejor que yo.

Eve, no es necesario remover el pasado…
Lo hecho, hecho está.

¿Remover el pasado?

¡Mataste a Amy, Aidan! ¡La mataste porque la veías como un impedimento y te fuiste de rositas! Dime, ¿con lo mucho que deslumbras, cómo lo haces para ser invisible cuando la situación lo requiere? ¿Es tan fácil como ponerse una sudadera con capucha y cubrirse la cara? En serio, ¿es tan fácil?

Lo que yo no sabía o no quise ver en ese momento, lo que realmente ocurrió, fue que…

… me seguiste.

Me viste entrar en la tienda de Amy.

Te ocultaste detrás de un árbol en la acera de enfrente mientras me llamabas por teléfono, sin que yo me percatara de tu presencia cuando salí de la tienda y me subí al taxi.

Viste con tus propios ojos cómo rechacé tu llamada aun teniendo el móvil en la mano y el gesto de irritación que compuse. Eso te enfureció, ¿verdad? Fue la gota que colmó el vaso. Y pensaste que Amy había vuelto a ponerme en tu contra, pero lo que no sabías era que ella se limitó a escucharme como la buena amiga que siempre fue. Me consoló con buenas palabras y se despidió de mí diciéndome que me diera tiempo, sin sospechar que esos eran sus últimos instantes de vida. Así que, cuando mi taxi se alejó y no había nadie en la que calle que pudiera identificarte, ignoraste el cartel de CERRADO y entraste en la tienda con la seguridad de que Amy estaba sola.

¿De qué hablasteis?

¿Qué le dijiste?

¿Cuáles fueron sus últimas palabras?

Amy te dijo que te fueras. Seguro, era algo muy propio de ella. Evitaba los problemas y los enfrentamientos, solo quería que te largaras de su tienda porque tu aura la hacía sentir mal, y no, no son estupideces y no seré yo quien desconfíe del don que tenía.

No le hiciste caso.

Ni siquiera hablaste, no te hacía falta, tu simple presencia la acobardaba y te aprovechaste de su sensibilidad especial.

Amenazante, te acercaste a ella hasta el punto de hacerla retroceder hasta la puerta entreabierta que daba a las escaleras empinadas por las que hacía escasos minutos habíamos bajado para refugiarnos en la trastienda. Apuesto a que el olor a té de lavanda todavía flotaba en el aire cuando, premeditadamente para que cayera de frente y no hubiera sospechas, la cogiste de los hombros, le diste la vuelta, y la empujaste con violencia escaleras abajo.

Aún no era su momento, pero cayó mal, cayó muy mal, y se partió el cuello.

20

Nueva York
Noviembre, 1997

Fue una de tus mejores interpretaciones, Aidan. En cuanto te enteraste de la muerte de Amy, viniste a mi casa. Lloraste conmigo durante horas, hasta parecía que tuvieras corazón. Mi mente era incapaz de procesar que Amy ya no existiera. ¿Cómo era posible?

—Si he estado con ella hace dos horas —me lamentaba, repitiéndolo hasta la saciedad, como si no tuviera en cuenta lo imprevisible que es la vida, que pendemos de un hilo muy fino, que ahora estás y, en un minuto, en un solo minuto, todo puede terminar.

Tenía el corazón roto, así lo sentía, roto en mil pedazos. Mi amiga se había ido por un estúpido accidente al caer por las escaleras. Se había partido el cuello. Cerraba los ojos y lo único que veía era la imagen de Amy cayéndose por esas malditas escaleras empinadas, para acabar desplomada y rota a sus pies. En mi visualización de los hechos, todavía no formabas parte de esa escena, Aidan.

Al ver cómo el féretro se hundía en la tierra, seguía sin creer lo que estaba ocurriendo. Me daba la sensación de que todo era irreal, de que Jared, a una distancia prudencial porque tú estabas pegado a mí como una lapa, no estaba ahí, consolando en vano a unos padres que habían perdido a su única hija. Es cruel. Un hijo que pierde a sus padres es huérfano, pero ¿cómo se le llama a unos padres que pierden a un hijo? No hay palabra. Es impensable, no es ley de vida, no le tocaba.

¡A Amy no le había llegado la hora, Aidan!

Era una pesadilla de la que me quería despertar. Amy, tan vital como era, con su sonrisa sempiterna y su voz cantarina, no podía estar dentro de ese ataúd sobre el que echábamos puñaditos de tierra. No, no podía estar dormida, inmóvil, muerta. Parecía que fuera a aparecer en cualquier momento. Lo que estábamos viviendo y sufriendo no era más que una broma de mal gusto.

Amy murió en el acto.

Pero ya lo sabías.

Supongo que no te fuiste de la tienda sin comprobar que no tenía pulso.

Nadie vio ni oyó nada, hasta que media hora más tarde, Nora, la dependienta que Amy tenía contratada, entró y la encontró muerta en el suelo de la trastienda encharcado de sangre, su cuerpo retorcido como el de un títere sin voluntad.

En el momento en que el hallazgo del cuerpo sin vida de Amy llegó a oídos de sus padres, la madre, en un estado de negación antes de caer en un ataque de histeria y ansiedad, llamó a Jared. Porque es policía, sabrá qué hacer, le dijo a su marido. Al principio, la mujer creyó que alguien había entrado a robar a la tienda y había matado a Amy. No podía tratarse de un accidente. Porque Amy nunca ha sido torpe, alegó convencida, no es de esas personas que caen o tropiezan cada dos por tres, ella siempre iba con cuidado al bajar esas escaleras, precisamente porque eran peligrosas, muy inclinadas.

Pero cuando la policía se presentó en la tienda,

no vio nada fuera de lugar ni el cuerpo presentaba otras lesiones anteriores a la caída. Fue un accidente, ni siquiera Jared vio nada sospechoso en la muerte de Amy.

Qué bien te salió, Aidan, qué bien te salió…

Sin embargo, tú, que siempre estabas atento a todo, te fijaste en cómo Jared me miraba en el funeral. En cómo nos abrazamos, con esa complicidad que siempre existió entre nosotros, cuando me dejaste sola para ir al cuarto de baño. Ni siquiera recuerdo que nos vieras. Ni cómo apartaste a Jared de mí, con una sonrisa tirante e incómoda, ese es un momento que él me recordaría más adelante. No hace mucho, antes de…

En fin.

Ahora no se me puede quebrar la voz, Aidan, queda mucha historia por delante. Y todavía nos queda un poco de tiempo, algo que no le permitiste a Amy.

Empezaste a tener a Jared en el punto de mira. Lo seguiste durante varios días sin que él se diera cuenta. Supiste en qué comisaría trabajaba. Conocías sus rutinas y sabías cuándo no iba armado, como, por ejemplo, cuando salía a hacer *footing* a las seis de la mañana por Central Park o iba a tomar unas copas con sus amigos por el barrio del Soho. Sí, te diste cuenta de que era un peligro real y que con él no lo tendrías tan fácil como con Scott o con Amy. Por eso, durante un tiempo, te olvidaste de él y de lo que yo podía seguir sintiendo. Hasta que dos semanas después de la muerte de Amy, Jared me llamó mientras tú estabas en la cocina preparando la cena, porque, si hubiera dependido de mí, me habría muerto de hambre.

—Solo quiero saber cómo estás.

—Hecha una mierda, Jared, pero qué te voy a contar que no sepas…

—Oye, podemos quedar. Un café, nada que ponga celoso a tu… —No le salía la palabra «novio»—. A Aidan.

—No sé si es…

—¿Con quién hablas? —me preguntaste, apareciendo sigiloso mientras la pasta se cocía a fuego lento.

—Eve, ese tono no me ha gustado… —murmuró Jared, en alerta, de pronto asustado cuando tu voz, demasiado fuerte y violenta, se coló en nuestra conversación.

—Hablamos otro día —le dije a Jared.

—Eve, no me gusta que hables con él. Me pongo… es lo peor, lo sé, pero no puedo evitarlo. Me pongo muy celoso —reconociste, adivinando que estaba hablando con Jared, y a mí me pareciste tan dulce y tan sincero… Una demostración de cuánto me querías.

Te abracé. Lloré y te pedí perdón. Ahora me pregunto cuántas veces a lo largo de nuestra relación te pedí perdón sin que lo merecieras.

—Jared es solo un amigo, yo te quiero a ti…

No me lo creía ni yo.

—¿Estás segura? —Enmarcaste mi cara con las manos. Asentí. Me diste un beso en los labios. Te estabas portando tan bien conmigo, tenías tanta paciencia ante mi desgana por todo, que no quería disgustarte. Habías pasado por lo mismo, así que parecías entender mi duelo y mi desconsuelo, las pocas ganas con las que iba a trabajar a la editorial y lo poco centrada que estaba en los manuscritos que me llevaba a casa. Porque la vida sigue, ¿no? Eso te dicen, que continúes adelante a pesar de las adversidades, pero nada era lo mismo sin Amy—. Vale. En unos minutos cenamos, descansa.

Volviste a la cocina.

Pensé que había colgado a Jared, pero no. Jared seguía en línea y había oído nuestra breve conversación.

Al otro lado de la línea, Jared había percibido tus celos y la falsa seguridad con la que yo te había dicho que «solo» era un amigo, que yo te quería a ti…

—Jared, ¿sigues ahí? —pregunté en un murmullo, llevándome el móvil a la oreja.

Jared no contestó, cortó la llamada. Y yo me quedé pensando en ese café que me apetecía compartir con él. Jared fue quien recompuso los pedazos rotos que había en mí cuando perdí a mi abuela y sentí que me había quedado sola en el mundo. Sabía que también sería capaz de hacerlo ahora con la pérdida de Amy. Pero no debía. No quería poner en riesgo lo nuestro ahora que no discutíamos ni actuabas de forma impulsiva y rara y parecías hacerme tanto bien.

21

Nueva York
Diciembre, 1997

L a Navidad de 1997 es una de las más tristes
que recuerdo.
Empecé a fumar a escondidas para templar
los nervios. Cada cigarrillo me recordaba a Amy, pero,
al contrario que ella, me enganché, y lo de que podía
dejarlo cuando quisiera no funcionaba conmigo. Dicen
que llevamos la adicción en los genes. Recuerda que
mi madre era una adicta. La nicotina se convirtió en
mi adicción. Por aquel entonces, me esforzaba para
que no se notara mi nuevo vicio, como si fuera una
adolescente que fumaba a escondidas de sus padres.
En mi bolso no faltaban chicles de menta y un frasco

pequeño de mi perfume habitual. La pena no se iba, la pena me ahogaba y tenía el corazón roto, pero, «por suerte», estabas tú. ¿En qué momento te instalaste en mi casa sin preguntarme si me parecía bien? Sentía que una parte de mí había muerto con Amy y durante ese último mes había sido otra persona la que había vivido en mi lugar.

Martha empezaba a perder la paciencia conmigo, con la farsante inútil que se había apoderado de mi piel. No podía seguir así, espantaba a la gente, me decía, e incluso Tom se volvió más amable al verme tan desmejorada.

—Te necesito al cien por cien, Eve. Necesito que la mejor editora de Lamber vuelva a ser la de siempre —me decía Martha, como si fuera fácil, intentando insuflarme ánimos con una palmadita en la espalda.

Tenía la seguridad de que, si Martha no me había despedido durante el mes que llevaba siendo un fantasma, era por ti, por ser tu novia. Continuamente me preguntaba si estabas trabajando en algo nuevo, si tendríamos una nueva «novela del verano» en 1998, cuando todos sabemos que una obra de calidad no puede escribirse con una fecha marcada en el calendario. Qué ironía. Casi tanto como que los números valen más que las letras en el mundo editorial. Porque ahora el poder, gracias a millones de ejemplares vendidos por toda América y un contrato cinematográfico que estaba al caer, lo tenías tú.

No sabía qué responder a la pregunta de Martha sobre si estabas trabajando en una nueva obra. Qué sabía yo, si parecía un zombi. Todo me daba igual y eso me afectaba en lo laboral, pero no en nuestra relación, ya que, y ahora lo veo, te gustaba ser el héroe. Cuidarme. Protegerme. Que estuviera mal para sentirte mejor contigo mismo y conmigo.

Solo te veía cuando llegaba a casa, muerta de cansancio y con el ánimo por los suelos, y tú no te separabas de mí, no me dejabas sola ni para ir al cuarto de baño, como si temieras que me fuera a cortar las venas con la cuchilla.

Era probable que escribieras por las mañanas, cuando yo estaba en la editorial, ¿no? Sí, tu próximo éxito de ventas se estaba gestando en el ordenador portátil que habías comprado recientemente, pero no era algo de lo que me hablaras y yo tampoco te hacía preguntas. Mejor así, porque de lo que sí me acordaba aunque pareciera haber niebla en mi cerebro, era de la última discusión que habíamos tenido horas antes de que Amy muriera, y había sido por culpa de la segunda novela. Lo bueno fue que aquella discusión me había llevado hasta mi mejor amiga después de meses sin verla. Eso creía entonces, que al menos pude despedirme y verla por última vez, cuando no tenía ni idea de que haber ido hasta allí buscando consuelo y refugio le había causado la muerte.

Cuando se cumplía un mes de la muerte de Amy, salí una hora antes de la editorial con la idea de ir a hacerle una visita al cementerio. Antes, me detuve en una floristería y compré un sencillo ramo de margaritas, su flor favorita.

El cielo tenía el color añil del inicio del anochecer y recuerdo que hacía muchísimo frío, que apenas sentía los dedos porque nunca he soportado llevar guantes, que tenía la punta de la nariz roja y helada, que la bufanda me tapaba la boca, y que en dos días las calles de Nueva York estarían cubiertas de nieve.

Me planté frente a la verja del camposanto creyendo que mis piernas temblorosas no podrían dar un paso hacia delante y que no recordaría dónde se ubicaba la tumba de Amy. Pero entonces, una mano se posó en mi espalda y me animó a caminar, perdiéndome en el laberíntico cementerio repleto de tumbas hasta llegar a la de mi mejor amiga, a la que no le faltaban ramos de flores en un día tan señalado y tan triste.

Levanté la cabeza y miré a Jared con los ojos anegados en lágrimas. Él me abrazó, nos quedamos abrazados durante mucho rato, tanto, que la noche cayó sobre nosotros como un telón que cede. El pecho de Jared era hogar. Cuando nos separamos, no tuvimos la necesidad de hablar para entendernos; Jared, aunque más fuerte, sentía la misma pena que yo. Me puse en cuclillas y dejé el ramo de margaritas sobre la lápida de mármol lustroso. Le susurré:

—Te echo de menos.

En ese instante, una corriente de aire me acarició la cara. Me quedé durante unos segundos bloqueada, muda, pensando en la posibilidad de que los que se van no se van tan lejos, sino que se quedan cerca de las personas a las que han querido y, cuando encuentran la ocasión, nos mandan algún tipo de señal como me lo pareció esa caricia del viento.

Faltaban escasos minutos para que el cementerio cerrara las puertas. Jared inspiró hondo y me tendió la mano. La cogí, estremecida por el contacto, levantándome de un impulso y situándome frente a él. Algo se removió dentro de mí. Estar cerca de quien te ha robado tantos suspiros y no poder hacer nada es una tortura.

«Coincidir en el momento en que más lo necesitas. De eso se trata», pensé, mirándolo a los ojos, brillantes bajo la luz mortecina de una farola. De alguna manera, Amy había provocado nuestro encuentro. Tuve ganas de besarlo, no te lo negaré, pero fui capaz de frenar el impulso.

—¿Te apetece una taza de chocolate caliente? —propuso, esbozando una media sonrisa.

—Mucho —acepté.

En ningún momento me preguntó cómo estaba. No hacía falta, Jared ya lo sabía. Entrelazó su mano a la mía, no sé por qué, la costumbre, deduje ingenuamente, sin ver segundas intenciones en su gesto, solo el cariño, la necesidad de estar juntos.

Salimos del cementerio un poco desubicados. Después de caminar durante diez minutos en silencio y sin soltarnos de la mano, nos topamos con una pequeña cafetería. Entramos y nos sentamos a una mesa junto al ventanal. Pedimos chocolate caliente, que nos sirvieron en tazones grandes con nubes de algodón, como debe ser, y una mirada pícara de Jared me provocó una sonrisa sincera, la primera en mucho tiempo.

—Siempre me gustó el hoyuelo que se te forma en la mejilla izquierda al sonreír —comentó, y mi sonrisa se ensanchó. No quería estar en otro lugar que no fuera ahí, con Jared, y, por un momento, ese pensamiento me hizo sentirme afortunada.

—¿Has tenido contacto con los padres de Amy? —le pregunté, porque yo no había tenido valor para llamarlos ni para ir a verlos. Le di un sorbo al chocolate caliente mientras él respondió:

—No contestan a las llamadas. Se han encerrado mucho en sí mismos y lo entiendo. Algo así no se supera —contestó, al tiempo que extendió la mano y, sin que me diera tiempo a reaccionar, me rozó los labios con el dedo pulgar, en el punto exacto donde se me había formado un bigote de chocolate—. Perdona. No lo he podido evitar.

Me relamí los labios sin dejar de mirarlo.

—No pasa nada —le resté importancia, intentando que el corazón no me latiera tan rápido—. ¿Qué planes tienes para estas Navidades?

—Nada especial. Iré a alguna fiesta, cenaré con amigos… Ya sabes, los que no tenemos familia buscamos otro tipo de planes.

—Siento que lo tuyo con Lucy no saliera bien.

—No tenía que salir bien. Ya te lo dije, comprometernos fue un error, un impulso estúpido que nunca debió ocurrir. Ella no… Ella no era tú, Eve, me di cuenta cuando nos volvimos a ver en aquella cafetería de Harlem.

—Jared…

—Ya, ya, estás con Aidan, hace dos años que lo dejamos y yo… No colgaste la llamada. Os oí, su tono de voz al preguntarte con quién estabas hablando no me gustó, así que me quedé escuchando. Para ti solo soy un amigo. Lo quieres a él. Me quedó muy claro —zanjó con resquemor.

Tenía una nueva oportunidad para hacer las cosas bien aunque ya fuera tarde para Amy. Jared me brindaba en bandeja la felicidad que yo tanto ansiaba, pero no aproveché el momento. Me limité a asentir como habrías querido que hiciera. Aún no sabía que eras un asesino, Aidan. Era una idea absurda que no se me podía pasar por la cabeza.

La incomodidad no duró mucho. Jared siempre ha sabido cómo romper el hielo en momentos tensos y empezamos a hablar de Amy, lo que, inevitablemente, también nos hizo evocar los años en los que él y yo lo éramos todo. Pero Amy… Amy fue nuestro centro durante las dos horas siguientes: el aura que veía en la gente y sus manías; los Bloody Mary que bebía como si fuera agua; los chicos con los que había salido, a cuál más rarito; el año en el que le dio por experimentar con mujeres, asegurando que la piel se le quedaba más tersa después de acostarse con ellas…

—Tendríamos que ir a aquel *pub* que tanto le gustaba a beber Bloody Mary a su salud —añadió Jared.

«Me encantaría», me callé, porque no iba a ocurrir y no quise darle falsas esperanzas, aun siendo contradictoria conmigo misma entre lo que quería y lo que debía hacer.

Soy una persona con aristas, Aidan, con conflictos internos muy bestias, qué le voy a hacer. Un inocente chocolate caliente en una fría tarde de invierno con un ex, sí. Quedar de noche para ir a un *pub* a emborracharnos en honor a la amiga perdida, no. No, porque sabía cómo podíamos terminar, y si me comprometo con una persona como me había comprometido contigo, que me habías cuidado tanto durante ese mes infernal, ten por seguro que la infidelidad no entra dentro de mis planes. Y aun así, cuando llegara a casa, no pensaba decirte dónde había estado y mucho menos con quién. Sería mi secreto.

Las horas se nos pasaron volando en aquel café. Jared me detuvo un taxi, pero no había manera de separarnos. No podíamos. Nuestros cuerpos rechazaban cualquier intento de apartarnos el uno del otro hasta que el taxista, que había puesto en marcha el taxímetro desde hacía rato, nos devolvió a la realidad:

—¿Sube o qué?

—Me tengo que ir…

—Aidan te está esperando —supuso Jared torciendo el gesto.

—Hasta la próxima —me despedí, con un nudo en la garganta.

Me subí al taxi, le di la dirección de casa y, aunque luché conmigo misma para no hacerlo, me giré para ver a Jared convirtiéndose en una figura pequeñita mientras el taxi me alejaba de él calle abajo.

22

Nueva York
Marzo, 1998

E l paso del tiempo no lo cura todo, en ocasiones intensifica el dolor, pero lo cierto es que a mí me lo alivió.

No puedo decir que fuera la misma de siempre, porque la muerte de Amy había hecho mella en mí, pero intenté con todas mis fuerzas recuperarme, volver a la normalidad y seguir siendo una buena editora, la mejor de Lamber. Siempre he querido que, desde donde mi abuela estuviera, si es que existe algo más después de esta vida, se sintiera orgullosa de mí, y eso, tal vez, haya hecho que me exigiera demasiado. Y empecé a quererte, Aidan, a quererte con locura. Llegar a casa del trabajo y que estuvieras ahí para recibirme y preguntarme qué tal me había ido el día, se volvió indispensable. Después de tanto tiempo sola, una valora tener a alguien que la espera en casa con los brazos abiertos.

A pesar de Jared.

Sí, a pesar de seguir sintiendo mucho por Jared. En ese momento, cuando aún no sabía quién eras, sentía mucho por los dos. Me creí la mentira de que un corazón puede desdoblarse, cuando la realidad es que solo tiene cabida un amor. Y siempre fue así.

Jared y yo nos veíamos una vez al mes. Fue una especie de acuerdo tácito que te oculté durante un tiempo. En enero, cuando se cumplieron dos meses de la muerte de Amy, volvimos a encontrarnos en la entrada del cementerio a la misma hora que el mes anterior. Recordamos a Amy, hablamos de las Navidades, sí, una de las más tristes. Le conté que no había hecho nada especial, que ni siquiera había puesto el árbol, y Jared confesó, con aire distraído, que tampoco, que al final no le había apetecido ir a cenas ni a fiestas y había visto diez veces una de sus películas favoritas, *La ventana indiscreta*.

—¿Diez veces? ¿En serio?

—Me sé los diálogos de memoria —bromeó con orgullo.

También nos vimos en febrero. Ambos estábamos más animados, tan centrados en nuestros respectivos trabajos, que apenas teníamos tiempo de deprimirnos. Sí, recuerdo que aquel día se me fue el santo al cielo y llegué muy tarde a casa, sobre las diez y media o las once de la noche, ¿verdad? Te dije que la reunión se había alargado y tú me miraste con desconfianza. Te fuiste a la cama sin dirigirme la palabra, me diste la espalda cuando me acosté a tu lado en lugar de abrazarme como era habitual, y estuviste un par de días seco y distante.

A pesar de todo, a pesar de ti y de lo que suponían mis citas mensuales con Jared, seguí arriesgándome.

Jared y yo nos encontramos en la entrada del cementerio el mes de marzo que ahora nos concierne, cuando se cumplían cuatro meses de la muerte de Amy.

La dueña de la cafetería empezaba a reservarnos la mesa del ventanal. Siempre el mismo día, a la misma hora, comentaba con una sonrisa, mirándonos con la complicidad de quien comparte un secreto con dos extraños.

No hacía tanto frío, pero, como si de una tradición se tratase, seguíamos pidiendo un tazón de chocolate caliente con nubes de algodón. Me preguntaba si en verano cambiaríamos el chocolate por una limonada refrescante o, tal vez, borraríamos esas citas de nuestro calendario y quedarían solo en nuestro recuerdo como la terapia que ambos necesitábamos para superar el impacto en nuestras vidas que supuso la muerte de Amy.

No hicimos nada, Aidan.

Todavía te respetaba.

Solo hablábamos, recordábamos.

Convertíamos un día triste en algo especial, bonito, en un encuentro que nos apetecía mucho a ambos. A Amy le habría encantado, lo sé. Y yo necesitaba esa cita secreta como el aire para respirar.

A mediados de marzo, la editorial había organizado algo único, un crucero literario. Un fin de semana en alta mar con escritores, editores y lectores, estos últimos pagando una fortuna por acudir a conferencias, presentaciones y firmas, y embarcarse junto a algunos de sus autores preferidos, incluido tú, el mayor reclamo de una idea que se extendería en otros países. A mí no me hacía mucha gracia, qué quieres que te diga, ya sabes que no soy de barcos, que me mareo. Pero es necesario hablar del crucero, sí, porque deduzco que lo recuerdas con tanta claridad como yo recordaré esta noche, si es que existe un mañana para mí.

Bebe un poco de vino, Eve.
Recordar a Jared no te va bien.

Bebe tú, Aidan.
Lo necesitas más que yo.

Me viene a la memoria una de las conferencias con tres promesas literarias de novela negra, en la que una autora con un estilo similar al de la fallecida Patricia Highsmith, propuso cambiar las reglas del juego: ¿Y si la gracia no estuviera en descubrir quién es el asesino? ¿Y si el encanto de la trama residiera en ir descubriendo a quién o a quiénes va a asesinar?

Eso me recuerda a ti, Aidan, aunque fue algo molesto que siempre estuvieras rodeado de gente. Y no lo digo porque apenas nos dejaran estar juntos, a mí eso me daba igual, sino por ti, por el cuidado que tuviste que tener en esa ocasión para que nadie te viera.

El viernes por la noche, nada más embarcar, se me acercó un joven lleno de vida que me recordó a ti por su insistencia y la seguridad que mostraba en sí mismo.

—Encantado de conocerla, Eve, mi nombre es Liam Holland, y tengo un manuscrito que sé que le encantará.

Sonreí.

—¿Cómo estás tan seguro de que me encantará, Liam?

Tú estabas hablando con una lectora a pocos metros de distancia. No la escuchabas, se te notaba, estabas pendiente de lo que Liam me decía.

—Porque es imposible que no le encante, Eve. Es oscura, adictiva… es…

—Espera, espera. Para empezar, trátame de tú. Y estás de suerte, porque busco nuevas promesas literarias. Nos iremos viendo en el crucero, a ver si encontramos un hueco para hablar con más calma —le propuse, y el joven Liam casi se pone a dar saltitos de alegría.

Te miré de reojo a propósito. Cada vez que te preguntaba cómo llevabas la segunda novela, resoplabas y te alejabas de mí. Tu humor empeoraba. Ya no sabía qué más excusas ponerle a Martha.

—¿Hay novela de Aidan?

—Está en ello —contestaba esquiva, sin saber qué más decir.

Seguía extrañándome no verte nunca leyendo un libro o escribiendo, pero me era imposible acceder a tu ordenador pese a vivir juntos, para ver si había algún documento con tu nueva joya literaria. Para «la novela del verano» me temo que llegabas tarde, Aidan, y lo sabías y te fastidiaba. Hacía dos meses que habíamos apostado por una autora italiana, Melina Rossi. Fue una suerte que, por aquel entonces, Melina, un encanto, fuera una desconocida. Se sabía tan poco de ella como de ti que, pese a no ser novedad, seguías presente en la lista de los libros más vendidos, ocupando espacio en los escaparates de todas las librerías y vendiendo gracias al boca a boca. Además, ya habías vendido los derechos cinematográficos de tu obra y la productora estaba trabajando en el guion. No tenías competencia, Aidan. Pero lo que no tenías tampoco, era la dirección ni las rutinas de Melina Rossi para ir a rajarle el cuello como hiciste con Scott, y quedarte por segundo año consecutivo con el gran reclamo que siempre ha suscitado la novela del verano.

Lo cierto es que apenas volví a ver a Liam, solo de lejos. Tú terminaste acaparando toda su atención. Él, fascinado por ti y cegado por tu éxito, había embarcado en el crucero en calidad de lector. Había gastado todos sus ahorros para estar en el crucero literario en el que pensaba hacer contactos, aprender del oficio y, sobre todo, intentar vender su manuscrito a algún editor de Lamber. Que yo supiera, solo había hablado conmigo aun habiendo más editores, lo cual fue un halago y una pena, porque por ese motivo se convirtió en una diana perfecta para ti. Os vi tomando algo en la barra del bar. Hablando animadamente, a saber de qué, porque tú nunca has sido un tipo con mucha conversación, y, como ya te he dicho, aunque por aquel entonces te quería, el sexo, lo que más me había enganchado a ti al principio, dejó de ser tan excitante. La adicción había dado paso a algo más aburrido, a la rutina, a lo conocido, a lo de siempre. En fin, que no dejaste que Liam volviera a acercarse a mí, atiborrada de pastillas para el mareo, acudiendo a todos los eventos de ese fin de semana con dolor de cabeza y náuseas. Solo quería que todo terminara y volver a tierra firme. Me aburren las multitudes como la de esta noche, Aidan. En cuanto podía, me escapaba a la cubierta a fumar un cigarro tranquila, sin que nadie viniera a molestarme. Pero muchos autores me buscaban, querían hablar conmigo de su obra, de otras obras, de mi abuela… A mi abuela le habría encantado ese crucero literario, ella sí se habría sentido en su salsa.

Dormíamos en un buen camarote. Espacioso y con todo tipo de lujos. Mientras yo, agotada y mareada, me iba a dormir después de cenar, tú me decías que preferías quedarte un rato más. Interactuar con lectores, otros editores, con Martha… Y con Liam, claro, supuse que hablando del manuscrito que él nunca llegó a entregarme.

Dos días después del crucero, alquilaste un coche, metiste un poco de ropa en tu maleta y tu ordenador portátil, y me pediste las llaves de la casa de los Hamptons.

—Quiero terminar mi novela en los Hamptons — me dijiste con una sonrisa cargada de satisfacción.

—Oh. Ya estás… —titubeé, porque sabía que cualquier pregunta que tuviera que ver con tu trabajo podía irritarte—. ¿Estás terminando una novela?

—Sí. Quería que fuera una sorpresa, por eso no quería hablar de ella. Siento mis cambios repentinos de humor, ha sido un proceso duro, ya sabes, por intentar superar la calidad de la primera obra…, entre otras cosas.

«Entre otras cosas», te referías a la muerte de tu novia, ¿no? Eso fue lo que pensé. Por eso te dije:

—Lo entiendo. Después de la muerte de Amy, te entiendo mejor que nunca, Aidan, porque a mí también me pasa —comenté pensando en Aíne, tu novia muerta, sin que hiciera falta mencionarla. Ni siquiera sabía cómo era. De qué murió. Nunca hablamos de ella—. Un día estoy bien, y al siguiente no me soporto ni yo.

—Es duro. Ha sido duro, pero eres fuerte, Eve —me dijiste con dulzura y sin perder la sonrisa.

—Bueno, pues la casa de los Hamptons es toda tuya. El tiempo que necesites. Estoy deseando leer tu nueva novela —te animé.

—Te voy a echar de menos.

Te acercaste a mí y me besaste apasionadamente,

como hacías al principio, cuando mis labios eran novedad.

—Y yo a ti —contesté, porque qué otra cosa iba a decir. En realidad, por si te interesa saberlo, pensé en Jared y en la libertad que iba a tener sin que estuvieras esperándome cada noche en casa. Y no, insisto, no porque quisiera estar con Jared, porque, como ya te digo, apreciaba no estar sola y tener a alguien como tú que se preocupaba por mí y hasta me preparaba la cena, pero la idea de estar unos días separados me atraía. Me hacía falta recuperar mi espacio. Volver a ser yo. Sin ti.

Tres días después de que te instalaras en la casa de los Hamptons, saltó la noticia:

Los cadáveres de un hombre y una mujer han aparecido la pasada noche en la orilla de la playa de Coney Island, Nueva York.

Al cabo de veinticuatro horas, fueron identificados pese al avanzado estado de descomposición en que se encontraban los cuerpos.

El hombre era Liam Holland. La mujer, Clarissa

Walker. ¿Qué tenían en común? Que ambos, en calidad de lectores, aunque dudo que llegaran a cruzar una sola palabra, habían estado en el crucero literario organizado por Editorial Lamber. Otro escándalo en menos de un año para una de las grandes editoriales del país, rezaba un artículo escrito por un periodista malicioso, que resucitaba el macabro asesinato de Scott Can.

¿Qué ocurrió, Aidan?

Desconocía quién era Clarissa, pero sí recordaba a Liam, el joven que me había asegurado que me encantaría su manuscrito y con el que te había visto hablando. No tenía más de... ¿qué? ¿Veintitrés años? ¿Veinticinco?

¿Hace falta que relate los hechos, Aidan?

Porque no serían cien por cien verídicos, yo no estaba ahí y desconozco la hora a la que llegaste al camarote la madrugada del domingo, que es cuando cometiste el doble crimen, así que te regalo ese honor. Por favor.

¿Cómo quieres que después
de todo lo que has hecho confíe en ti, Eve?
¿Y si tienes una grabadora oculta?

No la tengo, te lo juro.

No me hace falta grabarte, Aidan,

el final ya está escrito.

Vale, pues como desconfías de mí y prefieres mantenerte en silencio, voy a contar lo que pasó, aunque el protagonista de esta escena seas tú y yo solo pueda imaginarla. Pese a todo, estoy convencida de que voy a ser capaz de reflejar muy bien los hechos. De todas maneras, incluso la memoria es ficción, ¿no te parece? Porque es la memoria la que elige, deforma, enfoca, recorta, excluye y edita, así que ni siquiera tú podrías revivirlo tal y como sucedió a través de las palabras.

Te ganaste la confianza de Liam por ser quien eras y, probablemente, también por ser mi pareja, así que te prestó una copia de su manuscrito sin sospechar que tus planes eran muy distintos al de echarle un cable e introducirlo en un mundillo selecto en el que es muy difícil destacar pero, por experiencia propia lo sabes, no imposible. Solo leíste las primeras páginas de la obra de Liam, no te dio tiempo a más, pero te encantó. Por su originalidad, su frescura y esa oscuridad que podía venirte muy bien para que no se notara un cambio demasiado brusco en comparación con tu primera novela. Así que planeaste su asesinato, cuando la mayoría de pasajeros durmieran o estuvieran enfrascados en largas y pesadas tertulias en el bar del barco.

Liam y tú bebisteis. Bueno, Liam bebió, tú solo fingías emborracharte con él en una zona discreta para que nadie os relacionara nunca.

En algún momento de la madrugada, lo animaste a salir a cubierta con la excusa perfecta de que un poco de aire os vendría bien para despejaros. Liam no se tenía en pie. Apenas podía articular palabra debido a la masiva ingesta de alcohol.

Tú, despierto y veloz como un ladrón de guante blanco, le extrajiste la llave del camarote que sobresalía del bolsillo de sus pantalones. Liam no se dio cuenta. Y, probablemente, cuando lo empujaste por la borda, su estado de embriaguez lo ayudó a que apenas sintiera el frío de las aguas negras clavándose como agujas en su piel. En pocos minutos, el mar lo engulló. Liam no sabía nadar.

Cuando te diste la vuelta, tu mirada se cruzó con la de la tal Clarissa, que, estupefacta, había visto cómo empujabas a Liam al vacío. Pero para cuando ella reaccionó del *shock* de haber presenciado un asesinato, ya era demasiado tarde. Su vida corría peligro, ella debió de verlo en tu mirada furiosa y en tu impotencia. Era algo nuevo para ti.

Por primera vez, había una testigo, y la sudadera con capucha que parecía tener el poder de hacerte invisible la tenías bien escondida en tu apartamento. Por eso no dejaste de pagar el alquiler aun viviendo conmigo, por una simple y ajada sudadera.

Clarissa farfulló algún tipo de amenaza, como que te iba a acusar de asesinato o iba a informar de lo ocurrido, pero miraste a tu alrededor y, sin más testigos en aquella noche negra y sin luna, con los rascacielos de la ciudad brillando en la distancia, la agarraste con violencia. Ella no tenía la fuerza suficiente para luchar por la vida que perdió en el mar, siempre caprichoso, que terminó escupiendo sus cadáveres pero no sus secretos, lo último que vieron, que no fue otra cosa que un demonio con rostro angelical.

¿Has oído hablar de la optografía, Aidan?

Hasta principios del siglo XX, fue considerada una ciencia que aseguraba que el ojo graba la última imagen que ha visto antes de morir y queda impresa en la retina. Se trataba de un método tétrico y repleto de interrogantes de la medicina forense para dar con los asesinos durante el siglo XIX, una época marcada por la aparición de Jack el Destripador, la pasión por el más allá, el esoterismo y las novelas de Sherlock Holmes. No quieras conocer las macabras comprobaciones que se hicieron para desmontarla.

En el caso de que los creyentes en la optografía hubieran estado en lo cierto, ¿cuántas retinas mostrarían tu rostro?

Clarissa no estaba dentro de tus planes. Solo pasaba por ahí. Otra víctima más sin sentido. Ni siquiera conocías su nombre y, con más de ochenta personas a bordo del crucero, dudo que recordaras su cara entre el público que, eufórico, te escuchó en las tres conferencias en las que participaste. Dudo también que te importe, pero te contaré que Clarissa era una mujer solitaria de cuarenta y ocho años adicta a las novelas de misterio. Su autora preferida era Agatha Christie, tenía todos sus libros. Administrativa en un bufete de abogados, vivía de alquiler en un pequeño apartamento de Brooklyn con tres gatos que había recogido de la calle y su día preferido de la semana era el jueves, porque tenía reunión con el club de lectura que ella misma organizaba. Había venido al crucero sola, por lo que, cuando desembarcamos el domingo después de comer, nadie la echó de menos, y al equipo de limpieza del barco no le extrañó que en un camarote se hubieran dejado una maleta. Cosas más raras habían visto.

Pero la noche no terminó ahí.

Tenías la llave del camarote de Liam.

El plan seguía en marcha, nada ni nadie te iba a parar. Clarissa solo había sido un imprevisto, un alto en el camino sin importancia del que te habías deshecho sin problemas, porque lo mismo te daba llevarte una vida por delante que dos.

Así que entraste en el camarote de Liam con mucho cuidado de no hacer ruido ni ser visto. Era uno de los camarotes baratos, pequeño y claustrofóbico, con todo a la vista. El chico solo tenía una mochila que terminó en el fondo del mar y una carpeta con el manuscrito por el que había perdido la oportunidad de un buen futuro. Cuatrocientas páginas escritas a ordenador por delante y por detrás que guardaste en un compartimento oculto de tu maleta mientras yo dormía. Era tal tu ofuscación, tus delirios de grandeza y tus ganas de volver por la puerta grande con un nuevo título, que no te detuviste a pensar que, en algún lugar, se encontraba el original de la brillante novela de Liam y que alguien más conocía su existencia.

23

Nueva York
Abril, 1998

Los meses de 1998 fueron de Amy. En abril se cumplían cinco meses desde que Amy había dejado de existir en el plano terrenal, tal y como habría dicho ella. Amy, tan mística, vivió con la ferviente creencia de que, cuando morimos y el alma se libera de nuestro cuerpo, emprende un viaje a un plano superior.

Tú seguías en los Hamptons dedicándote a no hacer nada.

Ah, vale, vale, no me mires así.

Repito:

Tú seguías en los Hamptons terminando «tu» próxima novela.

Mientras tanto y sin tan siquiera saber de qué iba, Martha ya estaba buscando la fecha perfecta para publicarla. No pensabas quedarte tanto tiempo en la casa preferida de mi difunta abuela, pero te sentías a gusto y lo mismo daba una semana más que dos. Asegurabas estar en tu mundo, más en la ficción que estabas escribiendo que en la vida real, por lo que no te habías enterado del hallazgo de los cadáveres de Liam y Clarissa, pasajeros del crucero literario.

—¿Liam y Clarissa? ¿Así se llamaban? Pues no me suenan de nada.

Mentías, claro, pero tenías que seguir con el juego, porque para ti todo ha sido un juego, ¿no?

—Pues yo sí me acuerdo de Liam. Y te vi hablando con él —solté sin maldad alguna ni segundas intenciones.

—¿Sí? Recuerdo que hablé con un chico joven que quería ser escritor, pero no me acuerdo de su nombre.

Qué listo has sido siempre, Aidan. Podrías haberte puesto a la defensiva y mostrarte indignado ante mi suspicaz comentario, pero sabías que eso no jugaba a tu favor.

—Pues era ese.

—Joder… pobre chaval, estaba lleno de sueños. ¿Qué pasaría para que los dos cayeran al mar?

Eso me preguntaba yo… ¿Qué pasó?

No volvimos a hablar del tema que Martha había sorteado con la misma frialdad con la que sorteó hacía un año el asesinato de Scott, enviando un comunicado de prensa en el que lamentaba el fallecimiento de Liam y Clarissa. No obstante, añadía, eran pasajeros ajenos a la editorial, que no se hacía responsable del fatídico accidente en alta mar, tal y como la investigación pertinente había concluido. Joder, a Martha solo le faltó escribir «pasajeros de segunda», como los primeros en perecer en el Titanic.

Qué sencilla resulta la vida cuando todo lo atribuyen a un accidente, ¿verdad, Aidan?

—Parece mentira que hayan pasado cinco meses —murmuró Jared con la mirada fija en la tumba de Amy, a rebosar de ramos de margaritas—. El tiempo vuela.

—¿Por qué parece que el tiempo pase más rápido para los muertos que para los vivos?

—Porque los muertos se quedan anclados en el pasado, Eve. Para ellos, el tiempo deja de existir y de importar, mientras que los que seguimos aquí lo medimos todo por años, meses, días, horas… Contamos hasta los minutos, les otorgamos una importancia exagerada cuando llegamos tarde y sofocados a una cita o a nuestro puesto de trabajo. Es curioso, pero en el momento en que te preguntas: «¿Cuánto hace que esa persona se fue?», te sorprendes cayendo en la cuenta de que son más años de los que pensabas.

Esa tarde de abril, Jared me llevó a una tumba no muy lejana a la de Amy, a la que nunca le faltaban flores. Era la tumba de su madre y fue como si nos estuviera presentando. Durante los años que estuvimos juntos, nunca habíamos ido al cementerio a visitarla, ¿por qué ahora sí? Hasta la muerte de Amy, yo no era asidua a los camposantos; de hecho, en todos estos años solo he visitado la tumba de mi abuela tres veces, porque siempre he creído que los muertos huyen del lugar en el que sus cuerpos se descomponen.

—El mes que viene hará ocho años que se fue. Ocho años y me parece que fue ayer —empezó a decir, poniéndose en cuclillas y acariciando la lápida de granito blanco—. La echo de menos cada día —añadió

219

mientras se levantaba.

—Estaría muy orgullosa del hombre en el que te has convertido, Jared.

—Mi padre murió ayer, tenía leucemia. Murió solo, sin nadie que lo quisiera, como se merecía —soltó de sopetón, como quien se arranca una tirita deprisa sabiendo que así duele menos—. Solo espero que si existe algo después de esto, no la encuentre. Que se esconda bien, que…

—Jared…

No me miraba. Dudo que desde la burbuja en la que se había refugiado pudiera escucharme. A Jared no le hacía falta ninguna palabra de consuelo; los malos recuerdos lo llenaban todo. Él solo necesitaba cariño y comprensión. Alguien que respetara su silencio y sus lágrimas, las internas y las que no tardaría en exteriorizar.

Con los puños apretados, empezó a llorar con una fragilidad que solo mostraba delante de la gente que le importaba. No pude hacer otra cosa que coger su mano, que se destensó de inmediato con el contacto, atraerlo a mí y darle un abrazo. Él me estrechó fuerte contra su cuerpo como si fuera su salvavidas en mitad del océano.

En alguna parte alguien tocaba el violín; hasta el cementerio llegaba una melodía lenta y triste que camuflaba el ruido de la ciudad, muy apropiada para ese instante que se me quedaría grabado a fuego.

Al separarnos, nuestros rostros quedaron muy cerca, la mirada de Jared me recorrió entera hasta detenerse en mis labios y las ganas de volver a sentirlo se impusieron.

Fui yo quien lo besó.

Un beso lento y tierno que me dejó sin aliento y que fue subiendo de intensidad hasta que tu cara se me presentó como un fogonazo y me aparté, consciente de que lo que yo misma había iniciado estaba mal y que el lugar era el menos adecuado para desatar la pasión.

—Perdona, Jared, esto no…

—Nunca me pidas perdón por besarme, Eve —me interrumpió—. Y no me digas que ha sido un error, por favor. Tú y yo no somos un error.

Quién me iba a decir que esa sería nuestra penúltima vez en el lugar en el que sigo pensando que reposan los restos pero no las almas de los que nos dejan sin querer dejarnos.

24

Nueva York
Mayo, 1998

Regresaste de los Hamptons radiante y con la piel quemada por el sol. Se notaba que habías pasado más tiempo al aire libre que en casa.

La ciudad te recibió cálida y primaveral. Las calles soleadas de Nueva York en mayo son puro color, con narcisos y tulipanes a cada pocos pasos y árboles en flor.

Lo primero que me dijiste al entrar por la puerta, al tiempo que te apartabas un mechón rubio de la frente, fue:

—No pensaba quedarme tanto tiempo, pero ¡cómo

ha cundido! Tenemos novela, Eve. Y es... creo que es lo mejor que he escrito nunca.

Dejé de lado las correcciones finales de una novela que se publicaría en septiembre, y te pedí casi de rodillas y entre risas que me la dejaras empezar a leer esa misma noche. Me diste un beso, subiste a la habitación a dejar tus cosas y bajaste las escaleras con una carpeta a punto de reventar por las cuatrocientas páginas escritas a ordenador por delante y por detrás... Leí el título en voz alta:

—*Nadie más triste que tú.*

Arqueaste las cejas, me miraste expectante. Sonreí.

—Me gusta mucho, aunque ahora tengo que leer de qué va para ver si el título funciona.

—¿Ya? ¿La vas a leer ya? —preguntaste con aire infantil. ¿Dónde estaban aquellos arrebatos del principio, Aidan? ¿Aquellas ganas irrefrenables de mí? No parecías haberme echado ni un poquito de menos, si bien reconozco que yo había estado tan ocupada en la editorial, se me habían juntado tantas novedades, presentaciones, firmas y manuscritos que pulir, que apenas noté tu ausencia.

—¿Te haces una idea de lo pesada que ha estado Martha estos meses? Prácticamente, quería tu segunda novela a la semana de publicar la primera de la que, por cierto, tengo noticias frescas: la décima edición está en marcha.

—¿Décima?

—Ajá. Más de quinientos mil ejemplares vendidos solo en Nueva York. Imagina en el resto del mundo.

Acto seguido, te guiñé un ojo, fui a la cocina y me preparé una gran taza de café que acompañaría de los cigarrillos a los que me había vuelto adicta sin que nadie lo supiera.

Me encerré en mi despacho y, tras encender el primer cigarrillo de los muchos que caerían esa madrugada de lectura, abrí la ventana para que el humo no se colara en el interior.

Me acomodé en el sillón orejero y, a través de tus palabras, viajé al París del siglo XVIII y a la ciudad de San Francisco de principios de los 90, de la mano de Fiona Moreau, quien, a causa de un medallón procedente de Egipto que halló por casualidad, había pasado de ser una joven normal y corriente de veinticinco años a quedarse anclada en esa edad para siempre. Fiona Moreau no envejecía ni moría, condenada a ver desaparecer durante doscientos años a sus seres queridos. Padres, hermanos, amigas, novios, amantes… Y así hasta llegar a 1993, cuando Fiona se despide de París y emprende una nueva vida en San Francisco, donde se enamora perdidamente de Sebastián, quien malvive en las calles con sus eternos treinta años desde que en 1620, en México, una mujer le regaló un medallón exacto al de Fiona.

En cierto modo, qué ironía, yo, sin estar anclada eternamente a una edad concreta, terminaría pareciéndome al gran personaje de Fiona.

Porque también perdería a todos mis seres queridos, aunque en mi caso no fuera el paso del tiempo el que los hiciera desaparecer de mi vida. En mi caso, tal y como dijo una mujer de la que hablaremos más adelante, la Parca tenía rostro.

Terminé de leer el manuscrito a las siete y media de la mañana.

La falta de sueño me mareó.

Arriba sonó la alarma de mi despertador; era consciente de que no tardarías en venir a verme.

No me quedaban cigarrillos, escondí el paquete vacío y la caja de cerillas en uno de los cajones del escritorio, pero lo que tampoco me quedaba era aliento. Lo que habías escrito era una obra maestra, no exagero, era aún mejor que la primera. Apenas le hacía falta corrección, era perfecta así, no sobraba ni faltaba absolutamente nada. De lo que sí me di cuenta, fue del cambio de estilo que habías empleado en esa nueva obra, aunque no me extrañó, porque todo autor que se precie cambia, evoluciona y experimenta. Y no solo el estilo era distinto, también el trasfondo de la trama, porque era oscura, sí, con personajes tristes y deprimidos, como la anterior, y ahí los lectores podrían reconocer tu pluma, pero abarcaba mucho más: historia, tragedia, misterio, romance y fantasía, géneros que habías combinado con gran maestría.

Me levanté del sillón con las piernas entumecidas por haber estado tanto rato sentada al estilo indio. Necesitaba una ducha urgente y una buena taza de café para afrontar el día en Lamber sin haber dormido. Al oír tus pasos avanzando por el pasillo, salí del despacho con tu manuscrito bajo el brazo y una amplia sonrisa. Ibas descalzo y sin camiseta, con los pantalones a cuadros del pijama, la mirada somnolienta y el pelo revuelto.

—Eve, ¿no has dormido?

—¿Con semejante novela? ¿Tú qué crees?

—¿Te ha gustado?

—¿Gustarme? ¡Me ha encantado!

Reíste. Nunca te había visto tan feliz, tan inocente, tan tierno, riendo a carcajadas. Qué bien sonaba tu risa, Aidan, era contagiosa, vibrante, llena de vida.

Me cogiste en volandas y me besaste, componiendo un gesto extraño al saborear mi boca.

—¿Has estado fumando?

Era una estupidez negarlo.

—Sí. Ahora fumo.

—¿Desde cuándo?

—Desde que Amy murió.

Mis palabras, pronunciadas como si me las estuviera tragando, sonaron como una bofetada. Respiraste hondo, asentiste, comprendiste y murmuraste:

—Si eso te ayuda…

Cogí tu mano y te arrastré conmigo al cuarto de baño. Habíamos follado en lugares impensables, a la vista de todo el mundo, en balcones, en duchas de hoteles, en la playa, en aquella callecita de Roma…, pero nunca en la ducha de mi casa, la casa que compartíamos desde hacía meses. Bueno, la casa en la que con todo tu morro te habías instalado, pero en fin, ese tema no viene ahora al caso. Fue un polvo rápido, nada memorable. El agua caliente y mi mano alrededor de tu polla subiendo y bajando te excitó de tal manera que, con la respiración agitada, me diste la vuelta, obligándome a que me apoyara en la mampara para no perder el equilibrio, como en una peli porno cutre, y me penetraste por detrás. Saliste de mí después de unas breves pero intensas embestidas, justo antes de correrte. Me miraste a los ojos mientras eyaculabas, mordiéndote el labio inferior con lascivia.

—En los Hamptons solo me faltabas tú, Eve. Me faltaba esto —me susurraste al oído.

25

Nueva York
Mayo, 1998

N*adie más triste que tú* no vería la luz hasta noviembre de 1998.

Cuando te lo comuniqué, te pusiste hecho una furia. ¿Qué pensabas, Aidan? ¿Que le diríamos a Melina Rossi, quien, por cierto, no tuvo el éxito esperado, que su novela ya no era nuestra apuesta principal del verano porque te teníamos de vuelta? ¿Que en un mes podíamos tener preparada la espléndida estrategia de promoción que merecías, entrevistas, firmas, presentaciones, cubierta, contratos de traducción…?

Sí, el año anterior había sido así, en tiempo récord, y resultaste ser una revolución en el mercado, lo nunca visto, pero porque el asesinato de Scott nos había superado, no teníamos nada tan bueno como lo que tú habías presentado, y estábamos desesperados por dar con un diamante en bruto al que exprimir.

—Aidan, no soy yo la que decide cuándo se publica una novela. La jefa es Martha y toda historia requiere un tiempo de planificación —traté de hacerte entender.

Te dio lo mismo formar un escándalo o que todos los empleados de Lamber te vieran montando en cólera. Es lo que tiene el ego, que causa estragos. Saliste de mi despacho dando grandes zancadas hasta plantarte en el de Martha. Abriste la puerta sin llamar; la jefa, sorprendida, levantó la vista del ordenador y no le diste tiempo ni a que te saludara con su habitual: «¡Aidan, mi autor favorito! ¿Cómo estás?».

—Martha, tenemos que hablar.

Yo, abochornada, me quedé en el umbral de la puerta. Nadie se atrevía a cruzar el despacho de Martha sin llamar primero. Nadie, menos tú.

Martha hizo un gesto con la mano para que me fuera y os dejara solos.

Estuvisteis hablando una hora y media. Al principio, según me contó, la amenazaste con irte a otra editorial, que ofertas no te faltaban, hasta que Martha te dio un cheque en blanco y te dijo que pusieras la cifra que creyeras conveniente. Se te pasaron todos los males de golpe. ¿Que todavía faltaban seis meses para que tu gran obra viera la luz? ¿Qué más daba? Tenías un cheque en blanco, podías elegir la cifra que quisieras, eras un privilegiado. A Martha se lo perdonaste, pero a mí no, aun cuando eras consciente de que si ese manuscrito hubiera llegado antes, habría sido, sin lugar a dudas, la codiciada novela del verano y mucho más. No era mi culpa, pero con alguien tenías que pagar la frustración, ¿no?

—Míralo por el lado bueno —intenté animarte—. Tendrás tiempo de tener la tercera novela lista para el verano del año que viene.

Y también, pero cómo iba a saberlo entonces, tendrías por delante unos meses de tranquilidad antes del tsunami que el destino nos tenía preparado, y que nos arrastraría a los dos a lo más hondo del fango.

Esa mañana te marchaste de Lamber sin despedirte de mí. De vez en cuando te gustaba castigarme, despreciarme, hacerte la víctima.

Lauren, desde recepción, me miró durante un buen rato. ¿Qué se le pasaría por la cabeza? Que habíamos roto o algo así. Conociéndola...

Ese día en el que creí que echarías abajo el cristal de mi despacho, hacía medio año que Amy había muerto. Así que, como ya era costumbre, salí una hora antes de Lamber, me subí a un taxi, y me quedé a las puertas del cementerio, esperando a que Jared me diera el empujoncito necesario para ser capaz de entrar. Se retrasó diez minutos; al verlo corriendo por la acera me entró la risa floja.

—¿Recuerdas lo que dijiste? Para ellos el tiempo deja de importar y de existir —le recordé señalando el camposanto—. Un retraso de diez minutos no debería dejarte con el hígado saliéndote por la boca.

—Ya, ya, pero cierran en media hora —alegó con una media sonrisa, agachándose para quedar a mi altura y darme un beso en la mejilla.

Nuestro paso por el cementerio era cada vez más breve. Lo que más nos gustaba de nuestra cita mensual era compartir un chocolate caliente mirándonos a los ojos en la mesa del ventanal de nuestra cafetería favorita.

—¿Un chocolate caliente en pleno mes de mayo? —nos preguntó la propietaria del café, una mujer encantadora de unos sesenta años, pelo cano recogido en un moño bajo y mirada bondadosa.

Jared y yo nos miramos.

Ambos asentimos al mismo tiempo y emitimos un suspiro antes de que yo le contara que habías terminado una novela increíble, pero que te habías enfadado porque no se publicaría hasta noviembre.

—Cómo están los egos, ¿no? —opinó Jared.

—Eso me ha parecido.

—No voy a volver a lo de que Aidan no me gusta y tal, pero… ¿Estás bien con él, Eve? Quiero decir… ¿te trata bien?

—Sí, claro.

No era del todo cierto. A veces no me tratabas bien, aunque me conformaba con que no me volvieras a hacer lo de Roma. A veces, como había ocurrido horas antes en la editorial, me humillabas y me hacías pasar vergüenza y me obligabas a hacer cosas que no quería hacer.

—No me lo trago.

Chasqueé la lengua contra el paladar, iba a contárselo todo, incluso lo de Roma, cuando desvié la mirada hacia el ventanal y te vi en la acera de enfrente. Estabas mirándonos con el ceño fruncido y un odio en la mirada que provocó que todo mi cuerpo se tensara. No te moviste. Ni siquiera pestañeabas, parecías una estatua. Por un momento, creí que eras una alucinación, una mala pasada de mi mente débil y paranoica por quedar con Jared a tus espaldas. Hasta que él también se percató de tu presencia al otro lado del cristal y supe que eras real, que de verdad estabas ahí, que me habías descubierto y no tenía ni idea de cómo ibas a reaccionar. Contigo podía pasar cualquier cosa. Eras... eres imprevisible, Aidan.

—Vamos, Eve, te acompaño —sugirió Jared—. Todo está bien, ¿vale? No te preocupes, todo está bien —repitió con calma.

Jared se levantó y pagó las dos tazas de chocolate caliente que se habían quedado a medio beber sobre la mesa. Salimos juntos, pero no muy juntos como siempre, porque habitualmente nos dábamos la mano, sino a cierta distancia para que no vieras cosas que no existían (aunque en el fondo sí existieran).

Cruzamos la calle. Jared no se separó de mí. Te temía. Se había criado con un mal hombre, él sabía reconocer los síntomas de que algo en nuestra relación fallaba. De que había algo malo en ti. Esperé a que hablaras, pero no lo hiciste, así que fui yo la que rompió el silencio:

—Jared y yo nos hemos encontrado por casualidad.

—No me mientas, Eve —rebatiste entre dientes—. Siempre el mismo día. Primero vais al cementerio y luego os encerráis durante horas en este café. ¿Crees que no lo sabía? ¿Crees que soy tan estúpido como para permitir que te folles a este estando conmigo?

Esa última pregunta la escupiste con desprecio, al tiempo que extendiste el brazo en dirección al pecho de Jared y le diste un empujón. Por suerte, se apoyó contra el muro y no hubo que lamentar ni una simple caída, pero fue suficiente para que, sorprendentemente serena, te dijera:

—Ve a mi casa. Haz la maleta, llévatelo todo y deja tu copia de las llaves en el vestíbulo. Te doy una hora, Aidan. Cuando vuelva a casa no quiero que estés ahí.

Abriste tanto los ojos que parecía que se te iban a salir de las órbitas. Amenazante, te acercaste a mí, pero Jared no permitió que me rozaras un pelo. Se interpuso entre nosotros y una mirada larga, más elocuente que cualquier palabra, bastó para que nos dieras la espalda y te largaras esbozando una risa seca y amarga. El silencio que siguió a tu marcha sonó como un diapasón.

Cuando te perdimos de vista, creí que iba a desfallecer. Los nervios se me agarraron a la boca del estómago y me treparon despacio por la garganta. Yo te quería, Aidan. Te quería. Por eso, cuando Jared me dijo:

—No te merece, Eve.

Te juro que no sé qué me ocurrió. Algo en mi cabeza hizo clic y me derrumbé y me sentí furiosa de repente. Era ese rencor enquistado el que me hizo sacar lo peor de mí:

—¿Y qué me merezco, Jared? ¿A alguien que antepuso su trabajo a nuestra relación? ¿A alguien que nunca tenía tiempo para mí y de manera obsesiva se llevaba el duelo de las víctimas y la oscuridad de los asesinos a casa? ¿Me merezco a alguien que en tres años de relación jamás insinuó tener ganas de prometerse conmigo y luego conoce a otra y a los pocos meses le pide que se case con él?

Me arrepentí en el acto. Pero para las palabras nunca hay vuelta atrás. Se dicen, calan, hieren, provocan, explotan y se quedan grabadas para siempre. Me quedé hueca, vacía por dentro. Esa pésima sensación creció como un tumor maligno cuando la última mirada que Jared me dedicó condensaba tanta tristeza como amargura por los errores del pasado, por lo que podríamos haber sido y ya nunca seríamos. No dijo nada. No hacía falta. Me dio la espalda y se largó.

Estuve deambulando por calles desconocidas durante horas. Mi mente era como un avispero agitado. Los pensamientos, furiosos, tristes y descontrolados, volaban en todas direcciones. Parecía que el mundo seguía moviéndose a un ritmo normal, mientras yo iba a cámara lenta, incapaz de acelerar y reincorporarme a él.

Fumé un cigarrillo tras otro sin enmascarar con colonia su asqueroso olor impregnado en mi ropa.

Llegué a casa a las nueve de la noche con los pies destrozados por los zapatos de tacón. Las luces del segundo piso estaban encendidas. La copia de tus llaves no estaban en el vestíbulo tal y como te había pedido, y tampoco habías recogido tus cosas ni te habías largado.

Me esperabas sentado en el sofá, con la cara enterrada entre las manos y los ojos rojos e hinchados de haber estado llorando. Se te quebró la voz al decirme:

—Perdóname, Eve... Perdóname, por favor... Te quiero mucho. No puedo perderte —balbuceaste entre lágrimas, lágrimas de cocodrilo, ahora lo sé, pero seguía estando ciega y me compadecí de ti. No soportaba que hubieras sufrido tanto en la vida y que ahora ese dolor te lo causara yo. Al fin y al cabo, me veía con Jared una vez al mes en secreto y, aunque no habíamos ido más allá de aquel breve beso frente a la tumba de su madre del que nunca te hablaría, una parte de mí se sentía culpable.

Así que te abracé, te besé, te dije que no volvería a verlo si era eso lo que querías, y terminamos reconciliándonos haciendo el amor en el sofá.

Cuando se cumplían seis meses del día en que mataste a mi mejor amiga, volví a ti como la idiota que era y perdí a mi verdadero amor, ese amor que, con un poco de suerte, solo se encuentra una vez en la vida.

26

No volví a tener noticias de Jared, pero sí reconoceré, aquí y ahora, cuando el pasado se ha convertido en una rendija por la que, en lugar de luz, solo se cuela oscuridad, que cada vez que me hacías el amor era su cara la que visualizaba.

Por eso cerraba los ojos. Para verlo a él. Por eso me entregué a ti, Aidan, y, cuanto más me entregaba a ti, más pensaba en Jared. Eran sus manos las que recorrían mi cuerpo, no las tuyas, cuando lo fácil habría sido marcar su número, ir al cementerio el día señalado o acercarme hasta el portal de su apartamento para volver a verlo.

Lo acertado habría sido no perdonarte. No volver contigo. Luchar por él, aunque me lo había puesto fácil, demostrándome que para volver a ser lo que fuimos, no era necesario librar ninguna batalla. Algunos afirman que las segundas oportunidades no funcionan, que es de masocas volver con un ex, pero qué sabrán, si a mí me dolía el corazón al no tener a Jared cerca.

Sin embargo, el tiempo no perdona, te arrastra a la velocidad que marca y, cuando abres los ojos con la intención de detenerlo, ya es tarde. Supuse que, después de la rabia con la que me había despedido aquel día, Jared no querría volver a saber nada de mí. Lo que desconocía, era que él no había dejado de acudir a nuestra cita mensual y que en la tumba de Amy nunca faltó un ramo de margaritas en mi nombre. Si lo hubiera sabido… quizá ahora no estaría aquí lamentando mis absurdas decisiones.

Apenas recuerdo el mes de junio, solo que tú no hacías nada y que solías gruñir por todo y que yo, más ocupada que nunca, llegaba a las tantas de la noche a causa de «la novela del verano». Había más cosas, claro: cuando las novedades editoriales circulaban en las librerías, en la editorial ya estábamos trabajando en la publicación de las novelas que saldrían entre septiembre y noviembre, especialmente la tuya, a la que nos referíamos como LA BOMBA. A todos les había encantado, te auguraban un éxito aún mayor que el primero. El mundo editorial nunca se detiene y siempre va por delante. Esos meses de mayo, junio y julio eran moviditos también por otras razones que no fueron reuniones hasta las tantas. Presentaciones y firmas, entregas de premios, cenas y fiestas editoriales a las que no quisiste asistir porque:

—¿Para qué voy a ir? —decías entre dientes, indignado todavía porque no habíamos publicado en verano, tu estación favorita, cuando Nueva York resplandece y está más viva y más llena de gente que nunca—. Si mi novela lleva un año publicada, ya no es de actualidad y para la próxima aún faltan meses.

Para no discutir, yo guardaba silencio. Agachaba la cabeza y seguía a lo mío. Luego, arreglada y maquillada, me iba de casa para acudir a alguna de esas fiestas de las que renegabas, sin que tan siquiera me echaras una mirada de reojo desde el sofá en el que siempre te veía en calzoncillos y despatarrado.

La satisfacción que sentiste en julio al saber que la novela de Melina Rossi no funcionaba como esperábamos, mejoró un poco tu humor. Seguí acudiendo a fiestas sin ti. Huyendo a azoteas como esta en la que nos hemos quedado atrapados cuando la multitud me agobiaba, con la ciudad que nunca duerme refulgiendo bajo mis pies.

En agosto decidimos abandonar la ciudad para instalarnos en la casa de los Hamptons que tanto te gustaba, donde los días pasaban lentos y apacibles. Entre las pocas actividades que hicimos, qué aburrimiento ahora que lo pienso, aprendí el arte que a ti tan bien se te daba de no hacer nada. *Dolce far niente*, como dirían los italianos. Yo siempre he sido de viajar, de conocer otros lugares y culturas, afortunada de poder permitírmelo, sí, pero ese verano te apetecía holgazanear, así que tuve que conformarme con vivir otras vidas a través de los libros. Estaba absorta en la fascinante lectura de *Ana Karenina*, de León Tolstói, alias *tostón*, como tú lo llamabas, cuando soltaste desde la hamaca de la piscina:

—¿Por qué no dejas de trabajar, Eve?

Tu piel de color blanco nuclear estaba embadurnada de la crema solar con el factor de protección más alto que existe en el mercado. Pobre de mí si se me ocurría reírme al verte de esa guisa. Parecía mentira que fueras el mismo tipo que había venido a la editorial seis veces para que le publicaran su primera obra. La fama y el dinero te habían vuelto vago, arrogante. A lo mejor siempre habías sido así. Todavía faltaban algunos meses para que yo descubriera el tipo de esfuerzo que habías tenido que hacer para conseguir el nivel de vida del que ya presumías. Las vidas que te habías llevado por delante. La maldad que destilaba tu alma. El corazón podrido y negro que latía frenético cuando cualquier detalle te incomodaba.

—Porque me gusta mi trabajo —contesté distraída al cabo de un rato.

—Si yo hubiera tenido una abuela forrada como la tuya, con millones de dólares en el banco y propiedades dignas de marqueses, no habría dado un palo al agua.

—No creo que me sintiera bien conmigo misma sin dar un palo al agua, Aidan —razoné, perdiendo la mirada en el mar brillante de la playa privada que teníamos a nuestros pies. Parecía que cientos de cristalitos nadaran en la superficie—. Me gusta sentirme útil y realizada. Tener un lugar al que ir por la mañana, una rutina estable, socializar, leer y descubrir joyas y nuevos talentos de la literatura de vez en cuando. Me considero una privilegiada.

—¿Privilegiada? Pero si cobras una miseria, Eve —

comentaste con desprecio, resoplando y levantándote de la hamaca para lanzarte a la piscina. Parecías un adolescente enfurruñado por todo. Nada te parecía bien, nada era suficiente para ti, parecías haber olvidado que, hacía año y medio, vivías en un cuartucho con moho.

Tú siempre lo has reducido todo al dinero, ¿verdad?

Dinero y poder. Es lo único que te importa.

Empezabas a resultarme bastante insoportable, pero fíjate si arrastro traumas, Aidan, que cometí el error de preferir estar mal acompañada que sola.

Por otro lado, nunca llegué a preguntarte qué cifra escribiste en el cheque en blanco que Martha te ofreció como anticipo por *Nadie más triste que tú*, pero sé que abusaste de la confianza que se te había dado.

Y así te ha ido. Así nos ha ido a todos.

27

Nueva York
Noviembre, 1998

*N*adie *más triste que tú*, tu segundo título y la apuesta más potente de Lamber para la campaña de invierno, vio la luz el miércoles 11 de noviembre de 1998.

Tus lectores corrieron a por él y a la semana de publicarse ya iba por la segunda edición.

Estabas encantado de volver a ser el protagonista indiscutible del panorama editorial, en la estación en la que los parques de Nueva York se tiñen de un rojo intenso y las bufandas, los abrigos y los guantes regresan a las calles. Ni el frío ni que anocheciera antes impidieron que las librerías neoyorquinas se llenaran de lectores ávidos de ti y de tu nueva historia, de verte hablar, con más confianza que el año pasado, y tener su ejemplar firmado por EL GRAN Aidan Walsh. Qué feliz te hacía ser el centro de atención y seguir robando suspiros.

—Es una joya, Eve. Una joya —me dijo Martha aquella tarde en la librería The Mysterious, una de mis favoritas, especializada en novelas de misterio, crimen y espías—. Vigila con las admiradoras, que te lo quitan —reía, y yo callaba, porque hay joyas deslumbrantes que no son más que baratijas si las miras de cerca. Un engaño. Como tú.

Y entonces apareció alguien en escena. Una chica joven cuya mirada triste me resultó familiar, que cometió el grave error de presentarse en una de tus numerosas presentaciones, en lugar de recabar pruebas y denunciarte.

Formó cola como el resto sosteniendo un ejemplar de tu libro y en un principio no destacaba por nada especial, pero hubo algo en ella que me llamó la atención: la tensión en sus hombros, la mirada errante al suelo, los puños apretados y la rabia contenida con la que tenía agarrado tu libro, como si en cualquier momento lo fuera a lanzar al suelo y a pisotear. No pude apartar la mirada de ella por la manera en la que, cuando llegó hasta ti, arrojó el ejemplar sobre la mesa. La sonrisa con la que la recibiste se esfumó.

—¿A quién se lo dedico? —le preguntaste a pesar de todo, con la mayor naturalidad posible, abriendo el libro y esquivando la mirada de la chica. Ella sacudió la cabeza y te dijo con voz temblorosa:

—Esta historia era de mi hermano. La has plagiado.

—¿Cómo?

Te quedaste aturdido. Asustado y aturdido.

—Que esta historia es de mi hermano —repitió, para añadir bruscamente—: Se llamaba Liam Holland. ¿Cómo la has conseguido?

Estaba lo suficientemente cerca de vosotros como para oír lo que te había dicho.

Liam Holland.

Había olvidado por completo ese nombre y, en aquel momento, con tantas cosas en las que pensar y la cabeza llena de ruido y de caos, no supe a quién se refería. No lo supe ni volví a pensar en el tema hasta que una semana más tarde la cara de esa misma chica apareció en los periódicos. Liam Holland era el joven aspirante a escritor al que conocí en el crucero literario y cuyo cadáver habían hallado en la playa de Coney Island ocho meses atrás, a unos metros de distancia de otra pasajera, pero era algo que me diría la noticia del periódico, no mi memoria dispersa.

—¿Cómo te llamas? —le preguntaste con frialdad, y yo, que seguía dándole vueltas al nombre de Liam Holland, pensé que estaba chalada, que debía de tratarse de un error. ¿Cómo ibas a ser un impostor si eras el escritor más brillante que había conocido en años?

—Beatrice Holland. Y no me has contestado a mi pregunta —insistió, dando un fuerte golpe sobre la mesa que puso en alerta al guarda de seguridad.

—¿Ocurre algo, señor Walsh?

—Por favor, llévese a esta señorita —le pediste—. Me está acosando.

¡¿Cómo demonios podías estar tan tranquilo?!

—¡No! —gritó Beatrice, resistiéndose y revolviéndose en brazos del guarda—. ¡Eres un impostor! ¡Lo demostraré! ¡Lo demostraré!

Sus gritos se perdieron cuando el guarda la sacó de malas maneras a la calle. Por poco no la tira al suelo. Ella, crispada y roja de ira, provocó un gran estruendo al lanzar el ejemplar de tu novela contra la puerta acristalada de la librería, hacia donde todas las miradas se dirigieron con sorpresa y malestar, y seguidamente su cuerpo menudo desapareció en la noche.

Como si no hubiera pasado nada, volviste a atender a tus lectores con normalidad y una sonrisa radiante para cada uno de ellos. Tu capacidad para olvidar es impresionante, Aidan, ojalá fuera tan fácil para el resto de simples mortales como yo.

El incidente con la chica se convertiría en una anécdota sin importancia que ni siquiera mencionamos en la cena que la editorial había organizado en tu honor.

Hasta que el 25 de noviembre, cuando tú estabas subido a un avión junto a Petra rumbo a Los Ángeles para seguir con la promoción, salí de la editorial a tomar un café en la cafetería de la esquina, cogí uno de los periódicos que suelen tener en la barra para los clientes y, en la tercera página, me topé con una fotografía en blanco y negro de la misma chica que te había acusado de impostor.

Una joven de veintiún años se lanza de un octavo piso de un edificio de viviendas del barrio de Tribeca. La joven fallecida, Beatrice Holland, era hermana menor de Liam Holland, cuyo cadáver fue hallado en la playa de Coney Island el pasado mes de marzo. Según declaraciones de su abuela, que dormía cuando Beatrice decidió terminar con su vida, la joven padecía de una depresión severa tras la muerte de su hermano.

No, en la noticia no mencionaban que Liam cayó por la borda del crucero organizado por Lamber, seguramente para no tener más problemas con Martha, quien, tajante con el tema, cortó cualquier insinuación malintencionada que involucrara a su empresa.

Pero lo recordé.

Y recordé de qué me sonaba la mirada triste de Beatrice, por qué me resultó tan familiar cuando la vi en la librería The Mysterious. Tenía la misma mirada que aquel escritor joven y lleno de sueños que me abordó en el crucero y a quien arrebataste la vida para robarle su trabajo, su talento y su futuro. Liam Holland. ¿Cómo es posible que lo olvidara? ¿Cómo es posible que, engullida por la rutina y las exigencias de mi trabajo, por ti, tu desdén y tus caprichos, haya olvidado tantas cosas, incluso la risa de Amy o el timbre de su voz, aunque este capítulo no le pertenezca?

¿Qué le hiciste a Beatrice, Aidan?

Yo no hice nada, no me hizo falta.

La chica no tenía motivos para vivir, Eve.

Liam y ella habían perdido a sus padres,

solo se tenían el uno al otro, porque la abuela,

ya mayor, no viviría mucho más.

Es lo que leí en la noticia que hablaba

de su suicidio. Beatrice se había quedado sola.

Mmmm…

¿De qué me suena esa historia?

Mientes, Aidan.

Beatrice tenía motivos para vivir

y uno de ellos era hacer justicia a su hermano.

28

Nueva York
Madrugada del 24 de noviembre de 1998

Beatrice Holland se había convertido en una sombra escurridiza desde el día en que Aidan Walsh, el escritor del momento, había publicado la historia a la que tantos años le había dedicado su hermano Liam.

El farsante no había cambiado ni una sola coma, ni siquiera el título: *Nadie más triste que tú.* ¿Cómo olvidarlo si lo había elegido ella? Lo eligió porque no había nadie más triste que Fiona, la gran protagonista que había salido de la imaginación de su hermano. Casi vomita cuando, atraída por el título, entró en una librería y leyó el primer capítulo, el único que se sabía de memoria, pues era el que más le había costado a Liam y lo habían repasado juntos mil veces.

«Los inicios siempre son duros hasta que la historia fluye y los personajes cobran vida», decía Liam, con la sabiduría de quien posee el don innato de la creación.

Aidan había plagiado la novela de su hermano de principio a fin, pero ¿cómo? ¿Cómo había llegado a sus manos? ¿Acaso su hermano había muerto por una estúpida novela? No, no, estúpida no, se reprendía a sí misma, viajando atrás en el tiempo y recordando el entusiasmo de su hermano cuando por fin escribió la palabra FIN.

Y meses más tarde, cuando Liam estaba cansado de patearse las calles de Nueva York en busca de la mejor casa editorial para su obra, Lamber, la que él consideraba la editorial de las editoriales, organizó un crucero literario en el que los lectores tenían la posibilidad de acudir y disfrutar de conferencias, presentaciones, firmas, entablar conversación con sus autores favoritos, compartir comidas y cenas con ellos…

—Es mi gran oportunidad, Beatrice —le dijo Liam,

hablándole de una editora en concreto, Eve Logan, nieta de la fallecida Danielle Logan, una de las autoras de novela romántica de más éxito de todos los tiempos, que estaría en el crucero y a la que, con un poco de suerte, esperaba convencer de que su novela merecía ser publicada—. Llevaré una copia de la novela, espero poder dársela. Edita a algunos de los mejores autores del país.

Liam embarcó en el crucero con la esperanza de que sus sueños se hicieran realidad y Beatrice no volvería a verlo con vida. Las pertenencias de su hermano habían desaparecido del camarote, como si jamás hubiera llegado a subir al barco. De la copia del manuscrito ni rastro, por lo que la joven tenía el convencimiento de que Aidan Walsh, que también estaba en el crucero, había matado a Liam y a esa otra pobre mujer que, quizá, estuvo en el lugar equivocado en el peor momento.

En cuanto el guarda de seguridad la echó de malas formas de la librería, Beatrice, con un dolor intenso en el pecho, supo que su impulso había sido un error, así como encararse con Aidan de esa manera y delante de tanta gente. Así que esperó. Y esperó y esperó… y siguió a Aidan Walsh hasta descubrir dónde vivía.

Siempre lo veía entrar y salir de un palacete adosado

de cinco pisos ubicado en Lenox Hill, en el corazón de Upper East Side, concretamente en el número 11 de la calle 62.

Las veces que estuvo observando la propiedad desde la acera de enfrente, Beatrice solo vio luz en el segundo piso. ¿Para qué vivir en una casa tan grande si solo se utiliza un piso?, se preguntó, riendo internamente al recordar que su hermano siempre decía que los ricos son raros.

Enseguida supo que la mujer que iba con Aidan era Eve, la editora de la que Liam le había hablado, la misma que solía acompañarlo a las firmas y presentaciones. Beatrice no quiso arriesgarse a acudir a ninguna otra presentación después del fiasco que supuso plantarle cara al autor de moda.

Hasta que una noche, Aidan se asomó a la ventana y la vio. La mujer no estaba en casa, Beatrice lo sabía porque no la había visto entrar con él. El farsante no tardó ni tres minutos en salir y, sin cruzar la verja que delimitaba la propiedad, con dos leones tallados en piedra a ambos lados, le hizo un gesto con la mano para que se acercara.

—¿Cuánto quieres? —le preguntó de sopetón, mirándola con esos ojos de un azul tan claro que a la chica le daba grima.

—¿Cómo?

Beatrice no entendía nada y estaba tan nerviosa que no podía controlar el temblor en la voz.

—¿Cuánto quieres por la novela de tu hermano? Di una cifra, la que sea.

—No quiero dinero. Quiero justicia. ¿Mataste a mi hermano por su novela?

—¿Qué? ¡No! —negó Aidan, pero Beatrice no lo creyó—. Iba borracho, se cayó y… bueno, fue un accidente, ¿no? Esa fue la conclusión a la que llegó la policía.

—¿Y por qué tienes su novela? ¿Por qué la has publicado con tu nombre?

Aidan sacudió la cabeza. Bendita inocencia, qué joven le pareció esa chica, qué infeliz, qué indefensa.

—Él me la dio.

—Eso es imposible.

—Me la dio para que se la entregara a Eve, la editora con la que quería publicar. Eve es mi pareja.

Eso tenía sentido, pero…

—¡Pero la has publicado con tu nombre! —gritó Beatrice, y Aidan vio una oportunidad en su ignorancia para que dejara de incordiar. Esa estúpida cría no iba a traerle problemas ahora que todo le iba tan bien.

—Baja la voz —ordenó Aidan autoritario mirando a ambos lados de la calle, vacía a esas horas de la noche—. La idea de publicarla con mi nombre fue de Eve, no mía. ¿Sabes lo que son los negros literarios? —Beatrice negó con la cabeza. Aidan decidió seguir con su mentira—. Son escritores fantasma que escriben para autores reconocidos que luego publican la obra con su nombre.

—No, mi hermano nunca…

—Sí, tu hermano aceptó que la obra que él había escrito llevara mi nombre. Firmamos un contrato —añadió sin estar convencido, pues Aidan también tenía miedos, y el de ese momento era que Beatrice exigiera ver ese contrato inexistente.

Sin embargo, a la chica se le llenaron los ojos de lágrimas, inspiró hondo y, sin decir una sola palabra más, se alejó calle abajo. Aidan intuyó que no le iba a dar más problemas. Qué fácil es creerse una mentira cuando la verdad es insoportablemente dolorosa.

«¿Y el dinero?», cayó en la cuenta Beatrice al llegar a casa a las dos de la madrugada. La abuela dormía, sus ronquidos podían oírse desde cualquier estancia del viejo apartamento. No podía dejar de darle vueltas a la idea de que su hermano hubiera aceptado convertirse en un escritor fantasma. Que su obra, esa a la que le tenía tanto cariño, fuera firmada por otro autor, uno sin talento pero con éxito y fama, un engañabobos para sus lectores.

Si el mundo funcionaba así, ¿qué futuro le esperaba a ella, que siempre había tenido la autoestima por los suelos y no se consideraba buena en nada?

No quiso enfadarse con su hermano por haber tomado la decisión de quedarse en las sombras, pero ¿y el dinero?, siguió rumiando. ¿No pudo llegarlo a cobrar?

Sí, a Liam le gustaba beber, decía que todo autor que se precie se emborracha a diario, quizá mal influenciado por Hemingway, su Dios. Así que lo que le había dicho Aidan tenía sentido. No podía culparlo sin pruebas. No podía acusarlo de asesinato, porque puede que Liam bebiera de más, cayera por la borda, y la mujer que también se ahogó se lanzara al mar con la ilusa intención de salvarlo. O viceversa. Tendría sentido, pero quién sabe qué ocurrió en realidad a bordo del crucero de Editorial Lamber. Los muertos tienen la mala costumbre de llevarse las respuestas de sus últimos momentos.

A Beatrice no le quedaba nada.

En un arrebato de furia por lo que pudo ocurrir en el crucero, achacándolo a la mala cabeza de Liam, entró en su dormitorio. No había tocado nada desde su muerte, todo estaba tal y como él lo había dejado, con su caos habitual.

Beatrice cogió el manuscrito original del segundo cajón del escritorio. Luego, con un nudo estrujándole la garganta, sintiéndose traicionada por su hermano al ceder los derechos de su novela a otro autor, le prendió fuego a cada una de las cuatrocientas páginas. Lo hizo en el fregadero de la cocina con mucho cuidado de que no ardiera nada más, abriendo la ventana de par en par para que el olor a humo no llegara hasta la habitación donde dormía su abuela.

Hay quienes nacen con estrella, pero Beatrice sentía que había nacido estrellada desde el fatídico día en el que sus padres perdieron la vida en un accidente de coche. Liam y ella tuvieron que quedarse al cuidado de una abuela cada vez más ciega, más sorda, más vieja.

Se asomó al balcón. La calle estaba desierta.

Una fría corriente le azotó en la cara congelando las lágrimas que caían como torrentes por sus mejillas.

Cuando quieres morir, desaparecer de un mundo al

que no le ves sentido ni futuro, no piensas en nada, solo actúas, y eso fue lo que hizo Beatrice durante aquella madrugada en la que el cielo estaba encapotado y las estrellas, pese a estar, no se veían.

La joven levantó una pierna y luego la otra y sin asirse a la barandilla para ganar tiempo, porque tiempo sin Liam era lo que ya no quería, se lanzó al vacío con el tierno pensamiento de volver a reunirse con la familia que perdió.

29

En una azotea cualquiera de Nueva York
Falta una hora para despedir el siglo XX

Eve, con los ojos empañados en lágrimas y voz quebrada, le pregunta a Aidan:

—¿Cuánto queda?

—¿Cómo?

—La copa de vino, Aidan. ¿Qué clase de veneno le has echado? ¿Cuánto falta para que surta efecto? —insiste Eve, levantando la cabeza y retando a Aidan con la mirada, alzando la copa de vino y vaciándola de un trago, convencida de ser la última pieza que le falta y que su plan retorcido es acabar con ella esta noche.

Aidan mira a Eve con la cabeza ladeada y los ojos entornados, como acostumbra a hacer cuando planifica su siguiente jugada. Seguidamente, inspira hondo y fuerza una sonrisa fría que a Eve le recuerda a la de un lobo hambriento a punto de comerse a su presa.

—Una hora.

—Una hora… —repite Eve en un murmullo—. Bien. No necesito más para terminar nuestra historia.

30

Damos un gran salto en el tiempo hasta octubre de este año. De eso hace solo dos meses, cuando tu tercera novela vio la luz. En esa ocasión, la exposición y la gran expectación, lejos de encantarte, te crispó los nervios. Estabas susceptible y siempre en alerta, tanto, que hasta se te agarrotaron los músculos de los hombros y necesitaste un fisioterapeuta y medicación. Era la intuición de lo que estaba a punto de llegar, porque empezabas a entender que, alguien con tanto que ocultar como tú, no puede exponerse al mundo de la manera en la que lo habías hecho.

Necesitabas desaparecer, porque puedes librarte la primera e incluso la segunda vez, pero a la tercera, como dice el refrán, va la vencida, y ahí fue cuando te diste cuenta de que ibas a pagar muy caro tu egocentrismo y tu soberbia, tus ansias de destacar en un mundo que no te correspondía.

Sabías que no necesitabas ser el autor de la novela del verano para seguir destacando y ganando dinero. Publicarías en otoño, a mediados de octubre, y te pareció bien, aunque volviste a hablar con Martha y a exigirle un cheque en blanco. Meses atrás, habías ido a la casa de los Hamptons a rematar la novela, aun cuando yo no te había visto nunca delante del ordenador en Nueva York. Tampoco lo tuve en cuenta. Me pasaba el día encerrada en la editorial, entre manuscritos y reuniones, mirando a través de la ventana cómo la ciudad se iba transformando con el cambio de estaciones. No estaba muy centrada ni muy presente, porque, aunque te tenía a ti, seguía faltándome Amy. Y Jared.

«¿Habrá conocido a alguien? ¿Se precipitará con ese «alguien» como se precipitó con Lucy?».

Las preguntas me atormentaban casi tanto como reprimir las ganas que tenía de llamarlo y saber cómo le iba la vida, porque él, orgulloso, tampoco me había llamado en un año en el que apenas hay nada que destacar porque la vida real no es una ficción repleta de momentos interesantes y emocionantes; la vida es aburrida, monótona, lenta, a veces feliz, a veces un fiasco.

Al final, si ninguna de las dos partes da el paso, nos quedamos con el insoportable «y si…» clavado dentro, justo en el centro del pecho donde más angustia, preguntándonos adónde se irán las oportunidades perdidas, las llamadas que no llegamos a hacer, las palabras que no decimos a tiempo.

Pero entonces llegaba a casa, tú tenías preparada la cena, a veces te mostrabas encantador y me besabas como si me quisieras, como si tuvieras esa capacidad. Si habías tenido un mal día, yo me limitaba a no preguntar y a dejarte tu espacio para que no lo pagaras conmigo. Puro egoísmo, ya ves. Seguía teniendo presente que la pérdida de tu novia pesaba y siempre pesaría, pero yo estaba ahí, contigo, para cuando lo necesitaras, sin saber siquiera la fecha en la que murió, sin reconocer que, después de tantas noches juntos, compartía mi vida con un completo desconocido.

Fueron meses tranquilos, si bien empezaba a

darme cuenta de que la pasión del principio se había esfumado como se esfuman los sueños frustrados con el paso de los años, y que nos asemejábamos más a unos compañeros de piso que a una pareja con un futuro por delante. No había futuro, Aidan. Nunca lo hubo. Pero yo aún no quería verlo. Aún no podía imaginar que cada noche dormía con un asesino despiadado sin corazón.

Tenías un as guardado bajo la manga, a eso fuiste a los Hamptons, a hacerme creer que trabajabas más duro que nadie para ser capaz de publicar una novela al año y seguir siendo el autor del momento.

Pensar que se te acabaría el chollo te enfermaba, ¿verdad?

No podías soportar la idea de que, en cualquier momento, apareciera otro prodigio de la literatura y ocupara tu lugar, y, créeme, ocurre con bastante frecuencia.

Nadie, ni siquiera tú, Aidan, es imprescindible en ninguna profesión. En ninguna. Así que, claro, había una tercera y última novela que, aunque no igualaba en calidad a las dos anteriores, a tus lectores les iba a encantar. Pero en ese manuscrito que leí de madrugada en mi despacho, con un paquete de cigarrillos y una enorme taza de café, me percaté de algo que me inquietó. La trama oscura y triste con altas dosis de dramatismo concordaba con tu estilo, hasta ahí bien, pero hubo algo en el ritmo y en las palabras elegidas que me recordaron a otro autor. Scott Can. ¿Casualidad? ¿Habías leído alguna de sus novelas mientras escribías esa y te había influenciado? No le di importancia. No pensé en el hombre de la sudadera con capucha del que Jared había sospechado al verlo en las grabaciones. De eso hacía ya… más de dos años. Si apenas me acordaba de lo que había comido el día anterior, ¿cómo iba a recordar que el asesino de Scott había revuelto su apartamento y su despacho y que él mismo me había hablado de una novela que tenía escrita a pesar de no haber publicado todavía la que al final sería su obra póstuma?

No, no le di importancia a nada de eso hasta que me percaté de la presencia de una mujer en la primera presentación de tu tercera obra. Esa mujer, vestida de negro con un pañuelo en la cabeza que ocultaba una mata de pelo gris, también acudió a la segunda y a la tercera, a la cuarta y a la quinta… Nunca se quedaba hasta el final y elegía un asiento discreto en la última fila. Sentí curiosidad por ella, por la manera en la que sus ojos grises y pequeños te observaban.

Solo por saber si esa mujer iría a cada librería en la que habían solicitado tu presencia, te acompañaba y me quedaba en un segundo plano mirando a la multitud.

El número seis parece habernos perseguido siempre, Aidan. Seis fueron las veces que viniste a la editorial en el 97 hasta que al fin te hice caso. Seis fueron las presentaciones y firmas a las que esa extraña acudió, marchándose antes de tiempo y sin su ejemplar dedicado, cuando decidí salir tras ella y seguirla por las calles atestadas de gente cansada de regreso a sus casas después de una larga jornada laboral.

Recorrimos las calles a paso lento, hasta que la mujer se detuvo en una esquina desde la que el Manhattan Bridge quedaba encuadrado entre las fachadas rojizas de los edificios. Tras los pilares del puente, al fondo, se distinguía la silueta del Empire State Building. Escenario de película para una revelación retorcida e impensable.

Cuando me detuve unos metros detrás de ella pensando que no se había dado cuenta de que llevaba veinte minutos siguiéndola, se giró y sus ojos se encontraron con los míos.

—Acércate, Eve —me dijo—. No tengas miedo.

Me dio un vuelco el corazón.

¿Cómo sabía mi nombre?

¿Quién era esa mujer?

31

Nueva York
Octubre, 1999

Sin prever peligro alguno en ella, me acerqué. Me recibió con una sonrisa sincera, como si me conociera de siempre aunque no nos hubiéramos visto nunca.

Sin dejar de mirarme, introdujo la mano en el bolsillo de su chaquetón negro y sacó una hoja de periódico amarillenta y arrugada por los pliegues que reconocí al instante. Tragué saliva por la emoción que me embargó verme, mucho más joven y feliz, posando junto a mi abuela. Era su fotografía preferida, la que tenía enmarcada encima de su mesa de trabajo. Debajo de la imagen, el periodista había escrito:

Danielle Logan, la gran dama de la novela rosa, posa orgullosa junto a su nieta Eve, reciente fichaje como editora en la prestigiosa Editorial Lamber.

Mis ojos enrojecidos recorrieron las letras grandes del titular:

A Danielle Logan le habría gustado que su única nieta hubiera seguido sus pasos, pero asegura que va a ser la mejor editora de Nueva York.

Seguidamente, la entrevista, la última que mi abuela concedió dos meses antes de morir.

Se me llenaron los ojos de lágrimas.

—Hola, Eve. Mi nombre es Maira O'Connor y he venido desde muy lejos, desde Irlanda. ¿Has visitado Irlanda alguna vez? —No me salía la voz. Negué con la cabeza—. El pueblo original de la primera novela que le publicasteis a Aidan era Carlingford, donde él nació y se crio y de donde yo vengo. Es un pueblo medieval muy bonito en el norte del condado de Louth. Pero Aidan lo cambió por Bushmills para no dejar pistas.

—¿Cómo sabe que lo cambió? —le pregunté inquieta, pese a la dulzura y la confianza que me transmitía.

—Porque esa novela que titulasteis *Cuando seamos recuerdos*, la escribió mi hijo.

Pensé en Beatrice, la hermana de Liam Holland.

Pensé en Scott Can.

Irremediablemente, también pensé en Amy, en lo poco que le gustabas, en el miedo que te tenía, en lo mal que aseguró sentirse cuando te estrechó la mano la tarde en la que te conoció.

Miré a esa mujer, Maira, y supe que decía la verdad.

—Qué le pasó a su...

Maira sacudió la cabeza.

—Lo ha vuelto a hacer, ¿verdad? Creyó que por cruzar el charco el pasado se borraría, pero el pasado nunca se borra. Las ansias de dinero y poder que deseó desde niño han jugado en su contra. Si yo lo he encontrado, cualquiera lo puede hacer. Encontré el libro en una librería de Dublín. Ha llegado tan lejos... tanto...

—Pero no entiendo que...

—Mira, Eve, el que tú conoces como Aidan, es la muerte personificada. El mal. Si la Parca tuviera rostro, sería el de Aidan. Cuando aparece en tu vida, las muertes de personas cercanas y queridas se cuentan por decenas. Pero es un chico listo, puro veneno, y no hay manera de hallar pruebas que lo involucren en los lugares donde cometió los crímenes. No deja huellas. Nunca hay testigos. Sabe cómo actuar. Y, sobre todo, sabe cuándo hacerlo.

—No, pero Aidan no es…

—Eve —volvió a interrumpirme, firme y autoritaria. No tenía sentido seguir defendiéndote, negando lo que parecía tan evidente y, sin embargo, seguía sin querer enfrentarme a la verdad, porque me parecía demasiado rocambolesca—. Esta hoja de periódico la tenía mi hijo en su dormitorio, junto a la novela que había escrito. Quería venir a Nueva York a conocerte. Mi hijo, Jamie Murphy, escribió *Cuando seamos recuerdos*. A mí me gustaba tanto leer a tu abuela, que deseaba con todas sus fuerzas que tú, su nieta, fueras su editora. Dime, ¿has visto a Aidan leer un libro? ¿Escribir? Jamie tenía la vida que Aidan ansiaba. Y por eso Aidan se lo quitó todo. Hasta la vida. Y lo peor es que la tumba de mi hijo es repudiada porque la gente del pueblo piensa que, antes de pegarse un tiro en la sien, asesinó a su novia.

—Aíne.

Maira compuso un gesto de extrañeza.

—Sí, Aíne. ¿Cómo sabes su nombre?

—Aidan me dijo que así se llamaba su novia. Aíne —repetí en un murmullo—. Y que falleció, pero nunca me habló de lo que había ocurrido... —Sentí vergüenza. Vergüenza por saber tan poco de ti, por no haber insistido en conocerte más durante esos dos malditos años, aunque todo lo que podrías haberme dicho fuera mentira—. Él...

—Él te posee. Te manipula, te engaña, su vida es una farsa. Y luego es capaz de hacer cualquier cosa para conseguir su propósito. Hay gente que viene a este mundo a hacer el mal y otros tenemos la mala suerte de cruzarnos con ellos. He venido para... —Inspiró hondo, cada vez le costaba más hablar—. Para que se haga justicia. Para que dejen de ver a mi hijo como un asesino y Aidan pague por lo que hizo.

—¿Pero cómo está tan segura de que fue él? Y si...

Me callé. ¿Cómo iba a decirle a esa pobre madre que era posible que hubiera visto fantasmas donde no los había? ¿Y si su hijo mató a su novia y luego se suicidó? Si esa era la conclusión a la que había llegado la policía, ¿por qué culparte? ¿Por qué no reconocer que a su hijo se le había ido la cabeza?

Maira, como si pudiera adivinar mis pensamientos, se fue sin decir nada más. La entendía. Yo también conocía ese nudo que se te forma en la garganta y que te impide hasta respirar.

Me subí a un taxi y me encerré en casa. No sé a qué hora llegaste, supongo que tarde, pero me tomé una pastillita para poder conciliar el sueño que me dejó grogui. Y habría seguido negando que tú tuviste algo que ver con la muerte de Jamie y Aíne al otro lado del charco, si a la mañana siguiente no hubieran encontrado el cuerpo sin vida de Maira.

32

Nueva York
Octubre, 1999

Los restos de una mujer de cincuenta y siete años han sido sacados del río Hudson a la altura de Midtown Manhattan, ha declarado la policía de Nueva York.

La Unidad del Puerto de NYPD ha recuperado el cadáver del agua en las proximidades de la calle 45 con la avenida 12 justo después de las 9 a.m. del jueves, después de que un ciudadano llamara al 911 alertando de haber visto un cuerpo.

No tardaron en divulgar su identidad.

Maira O'Connor, procedente de Irlanda, viuda y sin familia.

Nadie reclamaría su cuerpo.

¿Por qué, Aidan? ¿Por qué tuviste que matarla también a ella? Parecía una buena mujer. Parecía…

Siempre has sido tan confiada, Eve…

Es lo que más me gustaba de ti.

Que, a pesar de todo, confías en la gente.

Y tenías fe en mí.

Tú lo has dicho.

Tenía fe en ti. Tenía.

Pero las revelaciones de Maira

y su muerte lo cambiaron todo.

Una sensación rara pero conocida se había apoderado de mi cuerpo, la misma que había puesto mi mundo patas arriba cuando Amy murió. Un vacío y una tristeza que me pesaba tanto como me hiciste creer que te pesaba la muerte de tu novia, Aíne, que resultó ser la novia de tu mejor amigo, al que mataste. ¿Por qué? ¿Celos? ¿Por ansiar su vida, como creía su madre? ¿Por la novela?

Quiero entenderte, Aidan, de verdad que sí, pero tu cerebro funciona de otra forma y es… es difícil de asimilar. La mente de un asesino es retorcida, dañina, repleta de huecos por los que se cuela una oscuridad que lo engulle todo, incluso a los que menos culpa tienen.

Nunca sabrás por qué lo hice, Eve.
Nunca, nadie, sabrá nada.

Eso es lo que tú te crees, Aidan.

Por primera vez en dos años, no te quería ni ver. Me provocabas rechazo. Te repudiaba en silencio. Tu presencia me hacía sentir mal.

Dejé de ser tu fiel compañera en la promoción de tu tercera novela, la que le robaste a Scott, a quien no le hubiera gustado saber que no estaba cosechando tan excelentes críticas como las dos anteriores, la de Jamie y la de Liam, pero, en fin, es lo que ocurre cuando robas el talento de otros.

Te miraba a los ojos y podía ver el veneno que habitaba en ti y lo corroía todo a su paso. Aún lo sigo viendo. Y, sí, Aidan, aunque lo que menos quiero es darte placer y sé que te encanta escucharlo de mi boca, me aterra. Me aterras.

Pero las agujas del reloj corren, y corren en mi contra. Nos queda poco tiempo, así que, mientras pueda, intentaré seguir con tu historia, nuestra historia, esa que no quise ver al principio y por la que he terminado perdiendo a quienes más he querido, sin dejarme ningún detalle y en el menor tiempo posible.

Llamé a Martha y le dije que ese día no me encontraba bien y que trabajaría desde casa.

Era mentira.

Fui al cementerio.

Entré sin la necesidad del empujoncito de Jared y me senté a los pies de la tumba de Amy. Le dejé un ramo de margaritas. Lloré. Lloré hasta que me quedé seca. Hablé con ella. La sentí a mi lado, susurrándome que todo iría bien, que eso también pasaría, pero ¿cómo? ¿Cómo pasaría si mi tiempo contigo había sido una farsa? ¿Cómo terminaba lo nuestro si temía tu reacción? ¿Cómo iba a decirte que sospechaba que eras un asesino, que las novelas publicadas no eran tuyas, sino de Jamie, de Liam, de Scott..., temiendo que me hicieras lo mismo? Que me tiraras de un puente, que me rajaras el cuello mientras dormía, que me golpearas la sien contra el canto de un mueble, que me empujaras por las escaleras provocando que me partiera el cuello… Imaginé mil muertes para mí, a cuál más sangrienta y dolorosa. Y en todas tú eras mi asesino. En todas, tu rostro era lo último que veían mis ojos.

Necesitaba huir, aunque fuera de mi propia casa, de la que te habías adueñado aprovechándote de mi fragilidad tras la muerte de Amy. No, tras la muerte de Amy no, corrijo, tras el asesinato de Amy.

Era un día soleado de otoño, hacía frío, y, por mucho que el jardinero del camposanto se esmerara en retirar las hojas amarillentas y crujientes, el césped, que todavía conservaba el rocío del amanecer, estaba inundado de ellas.

—Tenías razón, Amy. Aidan es… yo no puedo ver el aura de la gente como tú, pero ahora sé que no es bueno. Aunque ni siquiera tú podías sospechar que fuera un asesino, ¿verdad? No, eso les ocurre a otras personas, es lo que siempre pensamos, que jamás nos toparemos con monstruos al más puro estilo John Wayne o Jeffrey Dahmer y que no cometeríamos la estupidez de aceptar una copa de un desconocido y mucho menos de ir a su apartamento, hasta que lo vivimos en nuestra propia piel. La patética costumbre de criticar la mala cabeza de las víctimas y sus nefastas decisiones, de negarnos a empatizar con ellas y ridiculizarlas por la venda en los ojos que les impide intuir un peligro real, cuando yo, que siempre me he considerado inteligente y cuidadosa, he tenido una relación de dos años con un asesino.

»Ojalá te hubiera hecho caso, Amy. Y a Jared, que sospechó de él desde el principio. Ojalá pudieras hablarme y decirme qué ocurrió aquella tarde en la tienda, porque empiezo a creer que tu madre tenía razón y que no fue un accidente, que Aidan te empujó. Que Aidan también te mató a ti.

Esa mañana visité otra tumba. La de la madre de Jared.

—¿Le llamo? —le pregunté.

No me contestó, claro, los muertos no tienen esa capacidad, y lo único que llegaba a mis oídos en un lugar tan silencioso como un cementerio en un día cualquiera de entre semana, era el silbido del viento, pero mi mano voló sola al interior del bolso como si alguien la dirigiera. Cogí el móvil e hice lo que tendría que haber hecho un año atrás, marcar el número de Jared y esperar… esperar… Esperar a que su orgullo no nos volviera a devorar y su voz emergiera al otro lado de la línea.

No contestó.

Salí del cementerio y seguí llamándolo hasta que debió de apagarlo, porque dejó de dar señal. Fue como si me hubiera dado una bofetada.

La última vez que nos habíamos visto le había hablado mal, sí, me había puesto hecha una furia porque tú provocabas eso en mí, Aidan, y había pasado demasiado tiempo, un año y cuatro meses exactamente, pero ¿tan poco le importaba? ¿Tan poco le había importado como para rechazar mi llamada? Puede que no mereciera otra oportunidad con Jared ni para seguir manteniendo la amistad. Pero dolía. Seguía doliendo no tenerlo en mi vida y saber que la única culpable era yo.

¿Qué esperaba?

¿Que me lo iba a poner fácil después de cómo le contesté cuando me dijo que no me merecías?

Tardé una semana en reunir el valor suficiente para acudir a comisaría, aguantándome las ganas de echarte de casa o de irme a un hotel sin decirte nada, de dormir con un cuchillo debajo de la almohada, de disimular y de callar y de ir con mucho cuidado de no mencionar a Maira, tu última víctima, aun cuando tenía la seguridad de que nos habías visto hablar y por eso la mataste.

¿Cómo sienta la culpabilidad, Eve?

Como un tiro, Aidan.
Pero es un sentimiento humano
que, como tantos otros, tú nunca conocerás.

33

Nueva York
Noviembre, 1999

En una de las novelas de mi abuela, no recuerdo cuál porque era muy prolífica, había una frase que marcó los meses de noviembre de mi vida: Noviembre es siempre triste. Y es curioso, porque a Amy la mataste un mes de noviembre de hace dos años. Dos años y todavía me parece increíble que no exista. Como imaginarás, tampoco he vuelto a Harlem, un barrio que, desde que asesinaste a Scott en su apartamento y meses más tarde a Amy, me parece maldito.

Y ese día frío de noviembre, fue triste entrar en comisaría, preguntar por Jared, verlo a lo lejos y saber que, aun habiendo reparado en mi presencia, me dio la espalda e, ignorándome, se alejó comisaría adentro. Salí con el corazón tan congelado como mis manos. Apoyé la espalda contra la pared de piedra del edificio de la comisaría, encendí el primer cigarrillo de los muchos que vendrían y esperé tres horas. En esas tres horas me dio tiempo a atar cabos y crear conexiones, así podría ordenar las palabras para hablar con Jared y que mi discurso adquiriera cierto orden y coherencia, aunque ninguno de tus asesinatos tuvieran sentido. Finalmente, Jared salió de comisaría, lo abordé en plena calle y él me miró como si me estuviera perdonando la vida.

—Eve, no sé qué te ha pasado, pero ahora mismo no puedo...

—Aidan es un asesino —susurré entre dientes, al borde de las lágrimas, y Jared, confuso, solo fue capaz de mirar el cigarrillo que sostenía entre los dedos como preguntándose: «¿Desde cuándo fumas?».

Posó su mano en mi espalda haciéndome creer por un segundo que nunca le había dejado de importar y, con la preocupación marcada en su rostro, me dijo que me invitaba a comer. Yo temblaba de arriba abajo como una hoja arrastrada por el viento.

—Tenías razón —empecé a decir frente a un plato de tortellini que no llegaría a probar—. El hombre de las grabaciones, el de la sudadera con capucha que ocultaba su rostro, era Aidan. No tengo pruebas, nada con lo que poder demostrarlo, pero, si el despacho de Scott estaba revuelto, era porque Aidan buscó algún manuscrito y ha resultado ser la tercera novela que ha publicado hace un mes. Esta última novela era de Scott, percibí su estilo al leerla, pero no quise verlo... no pude... Te juro que tengo razón, Jared, espera a escuchar la parte final, ¿vale?

»La muerte de Amy no fue un accidente. Aidan la empujó por las escaleras. ¿Y recuerdas que dos pasajeros del crucero literario de Editorial Lamber cayeron por la borda y sus cuerpos fueron encontrados en la playa de Coney Island? —Jared, sin apenas pestañear, asintió levemente con la cabeza—. Estoy segura de que Aidan empujó a Liam Holland y una pasajera, Clarissa Walker, tuvo la mala suerte de ser testigo de su crimen y también la atacó a ella, lanzándola por la borda. Su segunda novela, *Nadie más triste que tú*, era de Liam. Ahora lo sé. Y lo sé, porque hace un año, una chica joven llamada

Beatrice, acusó a Aidan de ser un impostor. Lo hizo en una de sus presentaciones, delante de todo el mundo, hasta que el guarda se acercó y Aidan le pidió que la echara. Esa chica era la hermana de Liam, el aspirante a escritor que cayó del crucero. Días más tarde, Beatrice se tiró del balcón del apartamento que compartía con su abuela. ¿Suicidio? No sabría decirte...

Jared se frotó la cara con la mano, como si después de todo, cuando había sido él el primero en sospechar de ti, no me creyera.

—Tras la publicación de la última novela, empecé a ver a una mujer vestida de negro con un pañuelo en la cabeza en todas las firmas y presentaciones. En todas, pero nunca se quedaba hasta el final ni se acercaba a Aidan para que le dedicara el ejemplar. Una noche, impulsada por la curiosidad, decidí seguirla. Ella me conocía a mí, se llamaba Maira, me dijo que venía de Irlanda y que Aidan era... que Aidan era la muerte personificada. El mal. En su pueblo natal, Carlingford, había asesinado a Jamie Murphy, su hijo y el verdadero autor de la primera novela que le publicamos, *Cuando seamos recuerdos*, y también se llevó por delante a su novia, Aíne. Aíne no murió de una enfermedad como Aidan me hizo creer y ni siquiera era su novia, era la de su amigo. Lo hizo tan bien, que en el pueblo aún creen que Jamie fue quien disparó a Aíne y luego se suicidó. Pero fue Aidan, me aseguró esa mujer, que quería hacer justicia por la memoria de su hijo, y yo habría seguido negando lo que ahora me parece tan evidente, si su cuerpo no hubiera aparecido al día siguiente en…

—En el río Hudson, a la altura de Midtown Manhattan —ató cabos Jared, terminando la frase por mí—. Estuve ahí. La vi. El caso se cerró como un suicidio.

—Fue Aidan, Jared… Tienes que creerme, fue él… Él ha cometido todos esos crímenes y seguro que hay más —le dije llorando, desesperada, y Jared colocó su mano sobre la mía, que estaba helada, y la acarició durante los minutos más placenteros que había tenido en las últimas semanas.

—¿Sigue viviendo en tu casa?

Asentí con la cabeza. Jared se tensó, yo sabía lo que estaba pensando. ¿Por qué no te había dejado? ¿Cómo era posible que fuera tan estúpida y siguiera contigo? Sí, la manía de criticar a las víctimas, de culparlas por buscarse la ruina, por no haber sido capaces de intuir el peligro, blablablá…

—Tengo miedo, Jared. Pero, después de hablar con

Maira, siento que tengo un asunto pendiente. Siento que tengo que terminar lo que ella vino a hacer aquí y hacerlo a la inversa. Ir a Carlingford y hacer justicia. Su hijo… Jamie… guardaba una hoja de periódico con la última entrevista que concedió mi abuela. Yo, que acababa de conseguir un puesto como editora en Lamber, aparecía en una foto con ella. Jamie quería venir a Nueva York y presentarme su manuscrito, el que, como te he dicho, titulamos *Cuando seamos recuerdos* y firmó Aidan. Ese chico me conocía, Jared. Jamie quería trabajar conmigo y Aidan terminó con su vida.

—Y por Jamie te encontró —dedujo muy acertadamente, algo en lo que no había reparado hasta ese momento. Jamie nos conectó. Podría haber querido publicar en otra editorial, pero me eligió a mí por ser nieta de quien fui, y su elección marcó mi vida hasta llegar a este momento en el que sé que revelar la verdad me va a salir muy caro.

—Aidan quiso vivir la vida de Jamie. Le tenía celos. Celos por la novia que tenía, por su talento como escritor… Supongo. No sé. Es un monstruo. Un enfermo. Siento no haberte hecho caso. Siento no haberle hecho caso a Amy, que lo supo ver antes que nadie.

—Eve, tú no tienes la culpa. No la tienes.

Pero la tenía. La tenía porque, sin saberlo, también estaba poniendo en riesgo a Jared, de quien me distanciaste y de quien debería haber seguido distanciada por su bien, para que no ocurriera lo que al final, inevitablemente, ha terminado ocurriendo. Jamás debería haber metido a Jared en esto.

34

Nueva York
Noviembre, 1999

Jared propuso que me fuera a su apartamento. Le dije que no quería alterar su vida ni vivir escondida y que lo más sensato era seguir haciendo como si nada. Aunque costara horrores. Aunque tuviera que limpiarme la boca cada vez que me besabas y necesitara una ducha para borrar las huellas que tus manos dejaban en mi piel.

Lo bueno era que apenas estabas en casa.

Entrevistas, firmas, presentaciones… lo de siempre.

La promoción te tenía absorbido. Llegabas a las

tantas de la madrugada y a principios de diciembre, antes de las fiestas navideñas, harías una gira de un par de semanas por Francia e Italia que facilitaría mucho mis planes con Jared, quien, tras realizar unas cuantas llamadas, apareció en Lamber sin avisar, provocando que Lauren casi se partiera el cuello para mirar con lascivia su trasero.

—Maira tenía razón. Culparon a su hijo por el asesinato de Aíne, su novia desde la adolescencia, porque sus huellas eran las únicas que encontraron en un arma sin registrar, así como restos de pólvora en la mano, lo que indica que Jamie fue quien disparó el gatillo.

—Entonces…

—Entonces, barajo varias posibilidades. Que Aidan y Jamie forcejearan y que, por accidente, el gatillo del arma se disparara en manos del último, provocando la muerte de Aíne. Que Aidan obligara a Jamie a disparar a su novia. O que Aidan fuera preparado para lo que iba a ocurrir. Que llevara guantes y fuera él quien disparara, sabiendo qué protocolos seguir para que Jamie pareciera culpable, algo poco factible debido a los restos de pólvora en su piel.

—O sea, que Jamie disparó sí o sí.

—Eso me temo, a no ser que las pruebas fueran manipuladas por alguien de arriba. Parece que no hubo nada que pudiera demostrar la presencia de Aidan en la casa en el momento del doble crimen. Ni siquiera debieron de interrogarlo. Gracias a un colega de un colega, he podido examinar archivos del caso y algo no cuadra. La policía cerró el caso en menos de cuarenta y ocho horas. Se dieron mucha prisa, en nada entenderás por qué… Para ser un pueblo pequeño en el que todos se conocen, no tuvieron en cuenta que Jamie era zurdo y que no había restos de pólvora en su mano izquierda, sino en la derecha. Y eso no es todo. El disparo fue provocado en la sien derecha. Siendo zurdo, lo lógico es que se hubiera disparado en la sien izquierda. No tuvieron en cuenta las declaraciones de la madre alegando que su hijo era zurdo, no diestro. Y, para rematar, el hermano de la madre de Aidan, fallecido de un infarto hace un par de años, fue quien se encargó de la investigación.

—¿Un hermano de la madre? ¿La madre de Aidan está viva?

—Sí.

—Pero si me dijo que…

—Aidan se ha inventado una vida, Eve. Jamie y

Aíne fueron asesinados el 20 de noviembre de 1996 y Aidan viajó a Nueva York dos meses más tarde, porque, de haberlo hecho antes, habría cometido un error. Habría parecido sospechoso; por lo visto, Jamie, Aíne y Aidan eran un trío inseparable desde que no levantaban un palmo del suelo.

—Amy murió el 20 de noviembre de hace dos años —caí en la cuenta.

—Sí, exacto, como Amy. ¿Casualidad? También fue un 20 de noviembre de 1992 cuando denunciaron la desaparición de Brian Walsh, el padre de Aidan. Nunca volvieron a saber nada de él.

Tragué saliva con dificultad, intimidando a «tu querida» Lauren con una mirada para que, desde su puesto de recepción, nos dejara de observar como si fuéramos animales expuestos en el zoo.

—Jared, necesito ir a Carlingford. Visitar el lugar donde nació y se crio ese monstruo.

Sí, «monstruo». Empecé a llamarte como merecías.

—Iré contigo —decidió—. Déjame arreglar unos asuntos y nos iremos, ¿vale?

—Jared…

En esa ocasión fui yo quien colocó la mano encima de la suya, sin anillos de compromiso que nos alejaran, para volver a sentir el contacto de su piel. Sin embargo, Jared retiró la mano, sacudió la cabeza y me volvió a romper el corazón:

—He conocido a alguien, Eve.

Si algo me has enseñado, Aidan, es que la vida no espera.

Una semana más tarde, horas después de que tú cogieras un vuelo a París, Jared y yo emprendimos nuestro último viaje.

35

Carlingford, Irlanda
Diciembre, 1999

Carlingford nos recibió al atardecer, con un cielo encapotado de color violáceo que auguraba lluvia inminente.

Después de un vuelo directo de casi siete horas, aterrizamos en Dublín, donde alquilamos un coche. Jared condujo los noventa kilómetros que separan la capital de Irlanda de tu maravilloso pueblo. Recordé la frase que no escribiste tú, sino Jamie, «pueblo pequeño, infierno grande», pero al divisar las majestuosas montañas del Mourne y recorrer las calles empedradas de estilo medieval, pensé que se asemejaba más al paraíso que al infierno.

Puede que Jamie no dejara escrita esa frase por el pueblo y sus gentes, puede que lo escribiera por ti, y que todos esos personajes oscuros y maquiavélicos fueran en realidad múltiples partes de tu personalidad siniestra que él llegó a conocer muy bien, especialmente durante sus últimos instantes de vida, ¿verdad?

Ya te lo he dicho, Eve.
Nunca, nadie, sabrá nada.

Ya, el veneno con efecto retardado
que has echado en mi copa
de vino… todo esto morirá conmigo, ¿no?

Sigue.
No nos queda mucho tiempo.

Claro… Claro.
Tú bebe y escucha.

«¿Cómo es posible que un monstruo proceda de un

lugar tan bonito?», pensé, admirando el paisaje a través de la ventanilla, aun sabiendo que los monstruos están en todas partes. No sé por qué, pero me había imaginado Carlingford como un lugar gris y desértico, triste y solitario, uno de esos pueblos abandonados sin oportunidades ni futuro de donde proceden los psicópatas, como hemos leído y visto tantas veces en la ficción. Pero nada que ver. Te adelanto que en ese viaje me enamoré de Irlanda, a pesar de no visitarlo por motivos agradables.

Aparcamos frente al hotel Mc Kevitts Village, en Market Street, en pleno centro del patrimonio de la Santísima Trinidad y a solo quinientos metros del castillo normando King John's, cuya primera piedra fue puesta en el siglo XII. Habíamos reservado dos habitaciones, pero, por alguna extraña razón a la que yo llamo destino, la recepcionista, muy amable, nos dijo que había habido alguna confusión, porque la que tenía en reserva era una de matrimonio y que no nos podía dar ninguna otra, pues algunas las estaban remodelando y el resto estaban ocupadas. Jared y yo nos miramos de reojo, se nos notaba nerviosos como en una primera cita, pero fue él quien, sonrojado, rompió la incomodidad del silencio diciéndole a la apurada mujer que de acuerdo, que no pasaba nada.

—Bienvenidos a Carlingford, disfruten de su estancia.

—Lo mejor será que vayamos a cenar algo y nos acostemos temprano —sugirió Jared, dejando su equipaje encima de la cama—. Yo dormiré en el sofá.

—No tienes por qué.

—Mañana iremos a visitar a la madre de Aidan —continuó hablando como si no me hubiera escuchado—. Tengo su dirección en la lista. Luego, podemos ir a comisaría y, por la tarde, a hablar con los padres de Aíne.

—Improvisemos, Jared —le dije, dejando a un lado la tentación de acercarme a él y plantarle un beso que lo desconcertara, pensando en esa mujer a la que había conocido y cuya suerte envidiaba—. Las cosas, cuando no se planean, salen mejor —añadí, frustrada por no poder hacer lo que más quería.

Qué bien me encontraba sintiéndote lejos, Aidan. Qué peso me había quitado de encima, aunque fuera algo momentáneo, al saber que no te vería esa noche ni a la siguiente ni a la otra… Tenía la confortante sensación de que, con Jared, nada malo podía ocurrirme y tus crímenes se habían quedado en un segundo plano, aun cuando estaba en tu pueblo por Maira, una mujer con la que solo había hablado unos pocos minutos y que, sin embargo, me hizo ver que sería injusto que salieras impune de todas las desgracias que habías ocasionado.

Jamie, su hijo, merecía justicia.

La gente tenía que saber que él era inocente, una víctima más de tu macabro plan en el que también te llevaste por delante a mi mejor amiga para que dejara de ser una mala influencia. Eso fue lo que debiste de pensar, que Amy, quien te había calado desde el principio, terminaría convenciéndome de que no eras bueno y me alejaría de ti. Si te deshacías de ella, me podrías tener más controlada, más atada.

Y así fue.

Lograste tu propósito.

Me controlaste.

Me absorbiste aprovechándote de mi vulnerabilidad. Pero el tiempo y mi reciente descubrimiento me ha hecho odiarte hasta límites insospechados, y, créeme, hasta hace bien poco, yo no sabía lo que era sentir odio. Cuando matas a alguien, Aidan, también acabas con la vida de las personas que la querían. Padres, hermanos, amigos, novios…

Tú no conocías a Jamie, Eve.

Él me lo robó todo.

¿Qué te robó?

¡Jamie no te robó nada! ¡Tú le robaste la vida!

Él nació con talento. Aprovechó ese talento para

escribir una gran novela de la que te adueñaste

después de matarlo.

Y consiguió a la chica, Aíne,

de la que deduzco que siempre estuviste

enamorado. ¿Me equivoco?

Escribió una gran novela, sí,

pero fui yo quien consiguió publicarla.

He sido yo el que ha enamorado a medio

mundo.

No, Aidan, no te equivoques.

Las tres historias que has robado y por las que

has matado han enamorado a medio mundo, no tú.

Y ahora… ¿me dejas seguir?

Adelante.

Jared y yo apenas hablamos durante la cena. Supuse que estaba cansado del viaje, el desfase horario nunca le había sentado bien. Sin embargo, la realidad era otra, y no me animé a abrir la boca hasta que tuvimos delante dos porciones de pastel de manzana irlandés.

—El otro día, en Lamber, me dijiste que habías conocido a alguien —empecé a decir, deseando y temiendo a partes iguales que me hablara de esa otra mujer.

—Era mentira —atajó, antes de que me diera tiempo a continuar haciendo preguntas.

—Ah. No estás con nadie. No has conocido a...

—No. —Tragó saliva, le dio un sorbo a la copa de vino y me miró con esa intensidad tan suya que provocaba que se me contrajera el vientre—. ¿Recuerdas lo que te dije cuando aún estaba prometido con Lucy?

—Me bloqueé. No, no me acordaba, había pasado el tiempo y nos dijimos tantas cosas... Negué con la cabeza a modo de respuesta. Y Jared, desbocando los latidos de mi corazón, añadió—: Te dije que aún tenías la capacidad de dejarme sin aliento. Sigues teniendo esa capacidad. Y pasarán diez, quince, veinte años y... y siempre será así. Siempre estaré enamorado de ti, Eve.

36

Carlingford, Irlanda
Diciembre, 1999

Jared y yo nos despojamos de la ropa y hasta del alma, para fundirnos en lo que siempre habíamos sido: un solo ser.

Esa noche nos olvidamos de ti, del monstruo que habita en tu interior, de lo que habíamos venido a hacer a Irlanda y hasta de las horas cruciales que viviríamos al día siguiente.

Nos besamos como si se fuera a terminar el mundo. Como si el tiempo se nos agotara y no hubiera un mañana. Ahora, echo la vista atrás, solo unas semanas atrás, y parece que ya predecíamos que algo malo nos iba a ocurrir, que también nos destruirías a nosotros con la facilidad y la calma con la que un fumador aplasta una colilla en el cenicero.

La manera en la que los labios de Jared se acoplaban sobre los míos era algo tan natural como respirar. Volver a estar con él era regresar a casa y darme cuenta de lo mucho que lo había echado de menos. Lo mejor de todo era tener la seguridad de que él sentía lo mismo.

Habíamos entrado en la habitación del hotel enredados, avanzando a trompicones y chocando contra el marco de la puerta.

Una vez dentro, Jared me apretó contra la pared y supe que nadie era capaz de besarme así, tan emocional, tan salvaje y tierno a la vez, provocando que me olvidara de todo y me centrara solo en ese instante único, memorable.

Los ojos de Jared se perdieron en mi piel.

Una media sonrisa se dibujó en su rostro cuando me dejó en la cama despacio, colocándose encima de mí y deslizando las manos por cada curva de mi cuerpo.

En cuanto su mirada se enredó con la mía, empecé a temblar de ganas, de anhelo, al tiempo que sus manos me acariciaron la tripa y subieron hasta mi pecho.

Cerré los ojos.

Él me pidió en un susurro ronco que los abriera, que quería mirarme, pero él no me miraba, Aidan, Jared me atravesaba.

Cuando se hundió en mí, delicado y lento, sin dejar de besarme, como si nuestros labios fueran imanes destinados a encontrarse, tomé una bocanada de aire por la sacudida de placer que me atravesó. Jared me notó tensarme y acrecentó el ritmo, devorándome la boca, gimiendo en mi cuello, aferrándose a mi cuerpo para que cada embestida fuera más intensa, más profunda, más todo. Porque el amor es así, arrollador, implacable, pasional.

Después nos quedamos abrazados en el silencio de la habitación, con la respiración tan acelerada como nuestros latidos. Antes de quedarnos dormidos, Jared me rozó la oreja con los labios y yo me estremecí, todavía exhausta.

—Me quedaría a vivir en este momento para siempre, Eve.

—Pues quedémonos a vivir en este momento, Jared. Tú y yo…

—… siempre hemos sido tú y yo —completó.

Una parte de mí sigue ahí, con Jared, en esa habitación de un hotel de Carlingford que nos vio volver a serlo todo, a recuperar lo que de verdad importa. Todo el mundo debería vivir este tipo de amor, aunque solo sea una vez en la vida, dejando a un lado el miedo. El tipo de amor que siempre, pase lo que pase y aun habiendo distancia y tiempo de por medio, se queda contigo, y puede pasar de ser posible a platónico o viceversa, porque la vida da muchas vueltas y nunca se sabe, pero es un amor que recuerdas con nostalgia y una sonrisa. Regresar a ese tipo de amor que te provoca un hormigueo por todo el cuerpo es un sueño del que ojalá no nos despertáramos jamás.

37

Carlingford, Irlanda
Diciembre, 1999

Te criaste en una bonita casa de campo alejada del centro del pueblo, en una estrecha callecita flanqueada por muros rudimentarios de piedra llamada Mountain Park, con vistas a unas imponentes montañas nevadas.

—Un lugar idílico —opinó Jared, mirando a su alrededor y estacionando frente a tu casa—. ¿Tú vivirías en un lugar como este? —quiso saber.

—Sí, es tranquilo y muy bonito —contesté mirando a mi alrededor—. Pero no muy lejos de la ciudad, por si quiero perderme de vez en cuando.

Jared asintió lentamente. En su mirada quise ver la vida que nos esperaba.

Antes de llamar a la puerta, avistamos a una mujer observándonos tras una ventana cuyo cristal necesitaba una buena limpieza. Enseguida supe que era tu madre. Aunque de aspecto descuidado y en apariencia mucho mayor de lo que era en realidad, heredaste sus bonitos ojos azules y su cabello rubio y ondulado. Ojalá hubieras heredado su bondad. Esa fragilidad que me conmovió nada más conocerla.

—¿Qué deseáis? —nos preguntó al abrirnos la puerta. Reparé en sus profundas ojeras, en su tez cetrina y en unos pómulos muy marcados debido a su extrema delgadez.

—Mi nombre es Jared Ramírez, inspector de policía de Nueva York.

Tu madre se tensó al saber que Jared era policía. No obstante, su mirada se clavó en mí y murmuró en un tono de voz bajito y sin fuerza:

—Y tú eres Eve Logan.

—Sí, soy Eve —afirmé, sin dar muestras del desconcierto que supuso que supiera quién era yo. Más tarde, sabría que me había reconocido por Maira, por la entrevista en la hoja de periódico que llevaba con ella y se desintegró en el río Hudson. Esa entrevista en la que yo aparecía en la fotografía con mi abuela, quien por lo visto tenía muchas lectoras en Carlingford, incluida tu madre.

—Pasad, por favor.

¿Sabes qué fue lo que más me llamó la atención al entrar en la casa en la que te criaste? Que no había ni una sola fotografía tuya, algo raro teniendo en cuenta que eres hijo único. Busqué por todo el salón un marco con una imagen que me diera a conocer el niño que fuiste, los méritos logrados en la adolescencia u otro recuerdo familiar... y nada. No había nada de ti, Aidan, como si no existieras ni hubieras importado.

La casa olía a cerrado. Había polvo por todas partes, telarañas inundando las esquinas, humedades en el techo y en las paredes. El salón nos recibió impersonal, sin alma; parecía que quien habitaba en esa casa no tuviera memoria ni apego por las cosas materiales.

—Siento el desorden. Llevo días con dolor de espalda y apenas puedo hacer nada. ¿Queréis café? ¿Té? Oh, qué mal educada. Es posible que no sepáis mi nombre, que Aidan no me haya mencionado o te haya dicho que estoy muerta. ¿Me equivoco, Eve? —

Sus palabras atropelladas, nerviosas, me dejaron sin aliento—. Arlene. Me llamo Arlene.

—Un nombre precioso —opiné.

—Gracias. Acomodaos y contadme qué ha hecho mi hijo —nos pidió, sentándose frente a nosotros y colocando las manos huesudas encima de las rodillas, escudriñándonos como quien espera una reprimenda. A fin de cuentas, ella te conocía mejor que nadie.

Jared me miró.

«Se lo cuentas tú o se lo cuento yo», me decían sus ojos.

Inspiré hondo y decidí llevar las riendas de la situación. Empecé a hablar de las vidas que habías roto, hasta terminar imitando el llanto de tu madre al finalizar con la muerte de Maira.

—Lo sabía. Lo sabía. Se lo dije a Maira. No vayas, Maira, mi hijo es el demonio. Mi hijo es el demonio…

La mirada de tu madre se ausentó durante unos segundos en el ventanal que da al jardín trasero, a ese punto que tan bien conoces, donde plantaste unas flores que resucitan cuando llega la primavera.

—Entonces, Arlene, ¿sabes que tu hijo fue quien mató a Aíne y a Jamie? —tanteó Jared con suavidad. Tu madre parecía frágil como el cristal.

—Por supuesto que lo sé. Siempre lo he sabido. Pero mi hermano… otro demonio, mi hermano era otro demonio que ojalá esté ardiendo en el infierno, protegió a Aidan. No hay nada peor que darle poder a un ser malvado con las peores intenciones. Cuando encontraron los cadáveres de Aíne y Jamie, no llegaron a interrogar a Aidan. Pero mi propio hermano me aterrorizó y me amenazó, así que le prometí que, en caso de que vinieran haciendo preguntas, yo protegería a mi hijo y aseguraría que había estado en casa todo el día. Mentí a Maira durante un tiempo… hasta que Aidan se fue a vivir a Nueva York, no volví a saber nada de él, y la mentira se convirtió en una carga demasiado pesada para mí. Mi hermano, que como ya debéis saber era policía y siempre andaba metido en cosas raras, se encargó de manipular las pruebas y cerró el caso enseguida. Nadie le puso trabas. Nadie desconfió de él. Intenté disuadirlo diciéndole que Aidan merecía un escarmiento y debía pagar por todo lo que había hecho, empezando por…

—Su padre —adiviné, dirigiendo la mirada al mismo punto del jardín donde Arlene se había vuelto a perder.

—Aidan me odia, y con razón —declaró

contundente, asintiendo lentamente con la cabeza—. Por eso dice que estoy muerta, porque eso es lo que le gustaría, que estuviera muerta. De niño era muy travieso y mal educado, mi marido tenía poca paciencia... empezó dándole cachetes cuando Aidan cometía alguna travesura. Luego vinieron los gritos, los insultos, las humillaciones. Más adelante, los empujones, los puñetazos. Hasta que a Brian se le fue de las manos y empezó a golpearlo con más fuerza, con rabia. No supe protegerlo. Brian me daba miedo. La empresa en la que trabajaba quebró, empezó a trabajar en el campo, a aborrecer su vida, y pasaba más tiempo en los bares emborrachándose que en casa. Qué historia tan típica, ¿eh? Pero ocurre en muchas familias, en cualquier parte del mundo, mucho más de lo que imaginamos. Son infancias rotas. Familias desgraciadas. Cuando mi marido entraba por la puerta de casa, pagaba su frustración contra Aidan.

»A veces, los monstruos no nacen siendo monstruos. Es una excusa como cualquier otra, pero mi marido fue quien convirtió en un monstruo a Aidan y yo tendría que haber hecho más, impedir que se convirtiera en el hombre que es hoy, pero no pude... No pude. Pasé por tres abortos espontáneos que me provocaron depresiones de las que nunca he logrado salir. Había días que no tenía fuerzas ni para salir de la cama. Me he pasado media vida siendo un zombi. Y esperaba que vinieras, Eve, lo esperaba desde que Maira me habló de ti hace meses. Yo vivo en otro mundo, apenas me entero de lo que pasa ahí fuera, así que fue Maira quien me dijo que Aidan había conseguido publicar el libro de Jamie en Estados Unidos hace un par de años, meses antes de que mi hermano muriera, y que el libro había cosechado mucho éxito y lo vio en el escaparate de una librería de Dublín. Se vende en todas partes, ¿no? —Yo, compungida, asentí mirando con el rabillo del ojo a Jared, quien vivió una infancia tan infeliz como la tuya y, sin embargo, ahí estaba, con sus traumas, sus miedos y su sufrimiento interno, pero tratando de hacer el bien, en su trabajo y en la vida—. Qué injusto que haya cumplido el sueño que se ganó a pulso otro —prosiguió Arlene con aflicción—. Una parte de mí quiere creer que merece todo lo bueno que le pase después de no haber sabido darle una infancia feliz, porque a un hijo, pese a todo, se le quiere, pero ser consciente de las atrocidades que ha cometido para llegar tan alto es... es terrible vivir con la culpa de haberle dado la vida a una mala persona.

313

«Mala persona» es un calificativo bastante flojito para ti, Aidan.

—¿Qué le pasó a tu marido? —le pregunté, con temor a que los recuerdos la rompieran más de lo que estaba.

—Aidan lo mató —contestó sin inmutarse, clavando sus grandes ojos en nosotros sin que en realidad pareciera estar viéndonos, como si algo en tu madre no estuviera bien.

La matasteis, Eve.
Vuestra visita mató a mi madre.

No, Aidan.
No me cargues su muerte a mí y menos a Jared.
A tu madre la enfermaste tú.
Entre tu padre y tú la envenenasteis.
Y hay venenos que tardan en matar,
lo estamos comprobando aquí y ahora,
pero, al final, siempre matan.

—Ocurrió la noche del 19 de noviembre de 1992. Brian, como siempre, llegó borracho a casa —empezó a evocar

314

Arlene, tan alterada que le castañeaban los dientes—. Subió las escaleras llamando a Aidan, buscando guerra. Pero el chico tenía veintidós años. Ya no era un niño enclenque e indefenso y había tolerado mucho durante demasiado tiempo. Juro que no lo vi y que es imposible que desde la cocina lo oyera, pero tengo el sonido del cuchillo rasgando la piel de Brian en la memoria como si estuviera ocurriendo ahora mismo delante de mí. Aidan lo apuñaló no una, sino veinte veces, con saña y la locura marcada en su rostro. Esa noche lo vi. Vi al demonio en mi hijo. Pensé que también me iba a matar a mí por tantos años de silencio. Pero no. Aidan, tranquilamente, con una frialdad que helaba las entrañas, bajó las escaleras, limpió el cuchillo y llamó a mi hermano, que tardó solo diez minutos en venir, el tiempo que el cadáver de mi marido estuvo tirado en el suelo de la habitación de nuestro hijo. Dios, todo estaba lleno de sangre, fue una masacre. Creía que, por mucho que limpiara, no desaparecería nunca. De hecho, la habitación de Aidan está cerrada con llave. No he vuelto a entrar ahí, todavía huele a huevos podridos, la fetidez que deja la muerte. Yo estaba paralizada, en *shock*. No podía hablar, no podía respirar, no podía hacer nada. Recuerdo que Aidan me dijo:

315

»—Mamá. Mamá, a partir de ahora todo va a ir bien, ¿vale? Mírame, mamá. Todo va a ir bien.

»Fue la última vez que me llamó mamá. No sé por qué. Entre su tío y él, cavaron un hoyo en el jardín durante esa madrugada eterna y gris y enterraron a Brian. Ahí, sí, ahí. —Señaló las flores marchitas del jardín de donde yo no podía apartar la vista—. Parecía que mi hermano le hubiera dado la idea. Le metía cosas en la cabeza… le decía a Aidan que podía conseguir lo que quisiera si estaba dispuesto a deshacerse con celeridad de los enemigos, de la competencia, de cualquiera que le hiciera sombra. Y, por lo visto, han sido muchos los que Aidan ha creído que le hacían sombra.

—Perdona que te interrumpa, Arlene, pero me gustaría saber cuándo murió tu hermano.

—Callum murió en septiembre del 97 —rememoró frunciendo los labios.

Septiembre del 97… Septiembre. 1997…

Hice memoria y no me costó recordar nuestros días en Roma, la promoción de *Cuando seamos recuerdos*, lo mal que me lo hiciste pasar en las escalinatas de piazza di Spagna, lo raro que estabas, la humillación y la violación a la que me sometiste en aquel callejón con ropa tendida en los balcones de fachadas ocres desconchadas. ¿Por eso estabas así? ¿Porque tu tío, tu mentor, el tipo que seguramente te había metido la idea en la cabeza de asesinar a tu propio padre, había muerto?

—Denunciamos la desaparición al día siguiente. Todo orquestado por Callum, claro. Y he tratado de vivir a diario olvidando que tengo un muerto enterrado en el jardín y un hijo sembrando muerte y desolación al otro lado del charco que no quiere saber nada de mí. Os pido perdón, aunque de poco sirva. Te pido perdón, Eve. Y me duele en el alma la muerte de Maira. Ella… ella estaba sola. Como yo. Solo nos teníamos la una a la otra. Nadie… Dónde… ¿Dónde está su cuerpo? —cayó en la cuenta.

—Estuvo en el depósito, pero nadie la reclamó. Pensaron que se suicidó —contestó Jared.

—Qué listo es el diablo —murmuró tu madre sacudiendo la cabeza—. Qué listo…

—Puedo averiguar dónde le han dado sepultura y…

—No, no, no… —negó haciendo aspavientos con las manos—. Lo siento, no tengo dinero para repatriar su cuerpo o lo que sea que se tenga que hacer. Total, esto con lo que venimos es solo el caparazón, lo que de verdad importa se libera a la hora de morir. No creo que ningún alma quiera quedarse en este infierno de mundo. Espero que Maira esté en paz y se haya reencontrado con su hijo. Era un buen chico. El mejor. Y quería a Aíne con todo su corazón. Pobre niña… Aidan estaba obsesionado con ella. Enamorado no, Aidan es incapaz de querer a nadie, pero sí obsesionado —recalcó—. Por eso hizo lo que hizo. Se los quitó de en medio, robó la novela y… —A Arlene se le quebró la voz. Jared y yo respetamos su silencio. En cuestión de un segundo la asaltaron las lágrimas y, tras frotarse la cara con violencia, encontró la fuerza para seguir hablando—: Solo os pido que, por favor, no me hagáis desenterrar a Brian. Nadie merece un final como el que él tuvo, asesinado a manos de su propio hijo, pero no era bueno, no, no lo era, fue en defensa propia, fue… Puede que el mal también se herede, que pase de generación en generación y se lleve en la sangre, así que… —Esto lo dijo mirando fijamente a Jared—. No podría soportarlo. Que pongan el jardín y la casa patas arriba cuando yo haya muerto, cuando ya no importe nada, pero ahora no. Aún no…

Jared, a quien se le veía afectado al ver a una mujer en ese estado de nervios y desamparo, asintió conforme.

—No te preocupes. Estoy muy lejos de mi jurisdicción.

—Maira me dijo que quería hacer justicia por su hijo. Que aquí todo el mundo cree que Jamie mató a Aíne y repudian su tumba y su recuerdo. Me gustaría ayudar de algún modo —le dije.

Tu madre extendió la mano y la colocó sobre la mía. Me sonrió. Una sonrisa cálida y bondadosa que me recordó a la de mi abuela y me estremeció. La sonrisa de tu madre la llevo conmigo, Aidan. Arlene me desarmó.

—Eres buena chica, Eve, lo veo en tus ojos, en tu sincera preocupación al haber venido hasta aquí después de que el demonio de mi hijo acabara con Maira. Qué pena que te hayas cruzado con Aidan. Qué pena que a las buenas personas les pasen cosas malas —se lamentó—. Yo me encargo de que la reputación del pobre Jamie quede limpia. Déjamelo a mí, ¿sí? Tú regresa a Nueva York, prepara una grabadora, traza un buen plan y caza a mi hijo. ¿Lo harás por mí, Eve? ¿Cazarás al demonio?

Dicen que nunca deberíamos prometer algo si no sabemos a ciencia cierta si lo vamos a poder cumplir, pero se lo prometí. Por eso estamos aquí, Aidan. Por una promesa hecha con la mejor de las intenciones.

Me despedí de tu madre con un abrazo como si nos conociéramos de toda la vida. A esa mujer y a mí nos unías tú, Aidan, lo peor que nos había pasado.

38

Carlingford, Irlanda
Diciembre, 1999

S alí de la que había sido tu casa con la tensión por las nubes.

Jared me abrazó con fuerza y me besó, pero algo dentro de mí se había revuelto.

Era consciente de que dejaba sola a una mujer rota y depresiva. Mala combinación. Lo que me había dicho respecto a Jamie, que ella se encargaría de que su reputación quedara limpia, me preocupó. ¿Cómo iba a hacerlo? ¿Qué tenía pensado? La respuesta no tardó más de tres horas en llegar y yo sí soy humana, Aidan. Yo sí sufro y empatizo con el dolor de los demás. La muerte de tu madre me dolió más a mí que a ti.

Jared y yo nos perdimos por las calles de Carlingford cogidos de la mano.

—No esperaba que se abriera tanto a nosotros. Que fuera tan fácil.

—Es lo que tiene la soledad, Jared, que te desespera y te atormenta y te hace hablar más de la cuenta incluso con desconocidos —comprendí—. No me quiero ni imaginar por lo que habrá tenido que pasar esa mujer.

—Tenías razón. Con lo de no planear nada e improvisar. Tacho de la lista la visita a comisaría y a los padres de Aíne, sería echar más leña al fuego y provocar más dolor y, total, para qué, ¿no?

—¿Y qué nos queda por hacer aquí?

La respuesta era «nada», pero Jared no lo dijo, porque en Carlingford, aun teniéndote presente, te teníamos muy lejos, Aidan. En Carlingford no podías hacernos ningún daño. Y qué ironía, ¿no? Porque tu presencia parecía estar en todas partes al saber que habías transitado por esas mismas calles que ahora conocíamos nosotros. Jared se limitó a encogerse de hombros mientras dejamos atrás el puerto y nos adentramos en un pequeño callejón con desembocadura a Newry Street, donde descubrimos una taberna de aspecto medieval en la que entramos. Parecía que todo el pueblo estuviera metido ahí dentro. Nos acomodamos en la única mesa que quedaba libre. Pedimos un par de copas de vino tinto y Jared y yo nos miramos con las ganas de congelar el tiempo.

—¿Qué harás cuando vuelvas? —me preguntó.

—Lo que le he prometido a Arlene. Cazarlo.

—¿Y cómo piensas hacerlo?

Aún no lo sabía. Y, a tu favor, Aidan, debo decir que aún no sé cómo hemos terminado aquí con dos copas de vino, una de ellas, por lo visto, envenenada, aunque aún no noto nada. Pero, al volver a Nueva York, tenía que seguir fingiendo que me gustabas. Que te quería. Que había un futuro para nosotros.

—Eve, no puedo soportar la idea de que sigas con él. Puede ser peligroso. Si se entera de que hemos estado aquí, hablando con su madre, descubriendo lo de su padre… Es…

—No se va a enterar —lo interrumpí.

—Se enteró de que nos veíamos. Yo… yo nunca dejé de ir al cementerio, por si volvías y por si…

—Lo siento. Siento haber sido tan idiota, haberte

dicho todo aquello. No era yo. Aidan ha sacado lo peor de mí. Lo peor, como si el veneno y la maldad se pudieran transferir. Quiero que sepas que lo mejor que me ha pasado en estos dos años has sido tú, Jared. Con nuestras intermitencias y nuestro orgullo, el que tanto ha dolido, y con el pensamiento absurdo de que si tú no me llamabas, para qué te iba a llamar yo. —Jared asintió compungido—. Qué error. Cuánto tiempo perdido. Que aparecieras en aquella cafetería de Harlem, aunque fuera por algo tan horrible como el asesinato de Scott, que Amy me comiera la cabeza diciéndome que seguías enamorado de mí, que...

—¿Eso te dijo Amy? —me interrumpió con una sonrisa.

—En cuanto te fuiste. Que seguías enamorado de mí.

—Siempre fue un poco brujilla, eh —comentó, colocándome con cariño un mechón de pelo suelto detrás de la oreja, y a mí me encantaba recordar a Amy con una sonrisa. ¿Quién podrá decir eso de ti, Aidan? Nadie—. Pero no tienes que pedirme perdón por nada, Eve, porque yo también he cometido errores. Cometí el error de no luchar más por ti. De no llamarte, de no...

—Yo te lo pedí, Jared. Al principio, cuando empecé con Aidan, te dije que le quería a él cuando no era cierto. ¿Qué podías hacer tú? Nada. Nadie puede mandar sobre el corazón de nadie aunque mi corazón fuera tuyo y te mintiera y me mintiera a mí misma. En cierto modo, creo que Aidan nos unió, ¿sabes? Nos separó pero nos unió. Es horrible decirlo, porque para encontrarnos en aquel café y que luego vinieras a Lamber, Scott tuvo que morir a manos de ese monstruo.

—Bueno… creo que nos habríamos encontrado de todas formas. Que yo habría terminado echándote terriblemente de menos y hubiera conseguido tu número —fantaseó—. Que te habría llamado y, no sé, te habría invitado a cenar. Habría roto mi compromiso con Lucy de todas formas, seguro, porque aquello no tenía ningún sentido. Todo podría haber sido más sencillo. Menos tétrico.

¿Crees que las palabras dan mal fario, Aidan? Porque, en cuanto Jared pronunció la palabra «tétrico» que tan bien te define, un grupo de tres hombres entraron en la taberna gritando:

—¡Se ha colgado! ¡Se ha colgado!

La gente no entendía nada.

¿Se trataba de un espectáculo?

—Estarán borrachos —dedujo Jared, mirando a los hombres con atención.

—¡Arlene! ¡Arlene se ha colgado! —aclararon a gritos.

Se me paró el corazón.

Un par de mujeres estallaron en llanto.

El hombre que había tras la barra salió agitado al exterior.

Jared y yo nos miramos confusos, no comprendíamos nada, pero sabes mejor que nadie que en un pueblo como Carlingford se conocen todos y no tardaría en correr como la pólvora no solo el suicidio de tu madre colgándose de una viga del techo de tu habitación, ahí donde asesinaste a tu padre y aseguró no entrar por el hedor a muerte, sino la carta que había dejado escrita. En esa carta de despedida te culpaba del asesinato de tu padre. Señalaba el lugar donde lo enterraste hace siete años, no hay mejor prueba que esa. También aseguraba que su hermano, el policía al que todos veneraban y cuya muerte repentina conmocionó al pueblo en el 97, había sido cómplice. Que Jamie y Aíne tenían un futuro precioso por delante que tú les arrebataste por celos, por ambición, por maldad. Que estabas en Nueva York. Que te buscaran, que te dedicabas a robar manuscritos y a publicar y a ganar dinero dejando cadáveres por el camino, uno de ellos el de Maira, quien había viajado hacía unas semanas a la ciudad de los rascacielos y había encontrado la muerte en tus manos por ser un peligro para ti. Que lo comprobaran, que no estaba loca, que todo lo que dejaba escrito en esa carta era verdad. Y se mataba para que la creyeran, porque confiamos más en las palabras de los muertos que en la de los vivos.

Tu madre consiguió su propósito, Aidan, el que había ido a buscar Maira a Nueva York, cansada de que todos la miraran mal por creer que su hijo había sido un asesino y un cobarde suicida. Arlene, sí, tu propia madre, tuvo que matarse para que los vecinos dejaran de recordar a Jamie como un asesino. En los días consecutivos al suicidio de tu madre, los habitantes de Carlingford llevaron flores a la tumba de Jamie para redimirse del odio que habían volcado en él por haberlo creído capaz de acabar con la vida de Aíne, esa chica preciosa y delicada que te había rechazado cien veces y a la que Jamie amaba con todo su corazón. Sin embargo, desde la comisaría de Carlingford, como si aún respetaran el recuerdo de tu tío, no movieron un solo dedo para encontrarte y hacer que pagaras por tus crímenes. Tampoco había pruebas ni testigos ni huellas para que tuviera sentido que tu fotografía viajara hasta Estados Unidos como un prófugo de la justicia en busca y captura. No había nada con lo que demostrar que eras culpable y eso crispaba a Jared, el primer interesado en verte entre rejas. No hace falta que te advierta que pobre de ti si vuelves a Carlingford. Te quemarían vivo. Por eso no te dignaste ni a ir al funeral de tu madre. Porque sabías el peligro que entrañaba regresar. Y, sobre todo, porque pensabas que yo seguía viviendo en una mentira, que para mí tu madre ya estaba muerta, y nadie puede morir dos veces.

39

Nueva York, 1999

Faltan dos semanas para la Noche de Fin de Año

El noventa y cinco por ciento de las situaciones que nuestro cerebro interpreta como peligrosas nunca ocurren. Solo las imaginamos. No obstante, los estudios revelan que en nuestro interior se desatan unas reacciones químicas que son idénticas a las que se desatarían si lo imaginado hubiera sido real. En Jared y en mí se desataron esas reacciones químicas en cuanto pisamos Nueva York, pero quisimos creer que eran paranoias e hicimos un esfuerzo por ignorarlas y no hablar de todo lo malo que había ocurrido desde que te cruzaste en mi camino.

Al día siguiente tú llegarías de París, Jared volvería a comisaría y yo a la editorial, así que aprovechamos esa última noche que teníamos libre para estar juntos en su apartamento. Fuimos a buscar comida china, que degustamos frente al televisor. Bebimos vino tinto. Vimos *La ventana indiscreta*. Había olvidado lo mucho que me gustaba ver esa película con Jared. Nos besamos mucho, con necesidad. Nos prometimos volver a estar juntos. Casarnos. Tener hijos. Ser felices. No, la vida no espera, el tiempo vuela y el futuro es incierto, pero permitámonos soñar y que nunca se nos queden atascadas las palabras que queremos decir. La tristeza por el trágico final de tu madre seguía ahí, dañino como el cáncer, retorciéndome las entrañas, provocando que te odiara más, mucho más, si es que eso era posible.

Jared y yo hicimos el amor. Intenso. Pasional. Dulce. Y, finalmente, exhaustos por el viaje y el cambio horario, por la pena entremezclada con la emoción de lo que estaba por llegar, nos quedamos dormidos.

Resulta que no llegabas de París al día siguiente. Que estabas en Nueva York desde hacía tres días. Cuando supiste que yo llevaba días fuera de casa y también de la editorial, en lugar de llamarme creaste tus propias conjeturas y volviste a obsesionarte con Jared. Lauren se fue de la lengua. Te dijo que Jared, ese policía guapo de tez morena al que reconocía como mi ex, había estado en mi despacho y que parecía que estuviéramos hablando de un asunto de vida o muerte. Es probable que no le dedicaras ni dos segundos de tu pensamiento a tu pobre madre. Que te centraras en Jared, en pensar en la manera de destruirlo. Tú ya sabías dónde vivía. Nos viste bajar del taxi que nos había traído desde el aeropuerto, entrar en su apartamento cargados con las maletas y volver a salir abrazados para ir a buscar comida china. Mientras Jared y yo veíamos *La ventana indiscreta* acurrucados en el sofá, tú estabas en la calle bajo una llovizna intermitente, con la mirada fija en la ventana iluminada por la que se intuían nuestras siluetas.

Lo que más me sorprendió fue la facilidad con la que me dejaste ir. En aquel momento, no pensé que se trataba de una parte estudiada de tu maquiavélico plan.

—¿Dónde has estado? —me preguntaste con

el ceño fruncido cuando llegué a casa cargada con la maleta que había llevado a Irlanda. Me quedé de piedra al verte, no te esperaba, pero me había acostumbrado a fingir y estaba decidida a mentir como una bellaca. Era de noche y la jornada laboral en Lamber se me había alargado más de tres horas por todo el trabajo que tenía acumulado.

En lugar de contestar, me acerqué a ti para darte un beso en los labios, aunque la idea de rozarte me provocaba náuseas. Por suerte, tú te apartaste.

—¿Cuándo has llegado? —disimulé—. Pensaba que aún estabas en París, por eso no te dije que he estado en Los Ángeles acompañando a una autora en la promoción.

—¿Qué autora?

«Piensa rápido, Eve. Rápido».

—Leslie Brooks.

Meditaste mi respuesta. Tus ojos eran dos polígrafos en busca de la mentira.

—Mientes. Esto se ha acabado, Eve —soltaste, y, aunque por dentro me invadía el alivio y la felicidad, seguí fingiendo para cubrirme las espaldas. Y lo hice bien, ¿no te parece? Hasta se me saltaron un par de lagrimillas.

—Pero, Aidan, por qué...

—Ya no te quiero. No te quiero, Eve. Ahora me doy cuenta de que me gustaba la idea de estar contigo, pero no hay futuro y no quiero perder el tiempo ni que tú lo pierdas.

Oh. Qué considerado por tu parte, Aidan.

—Va-vale... —balbuceé, deseando llamar a Jared.

No dijiste nada más. No hacía falta. Frío como esa noche que te engulló, cogiste tu maleta, me diste tu copia de las llaves de mi casa, abriste la puerta y te largaste. Así de simple. Así de fácil. Y entonces rememoré las palabras de tu madre como si me las estuviera diciendo ahí mismo:

«—Tú regresa a Nueva York, prepara una grabadora, traza un buen plan y caza a mi hijo. ¿Lo harás por mí, Eve? ¿Cazarás al demonio?».

—Sí, Arlene. Cazaré al demonio. Por ti y por todas las víctimas, especialmente por Amy. Aún no sé cómo, pero lo haré —le prometí al vacío, asomada a la ventana para asegurarme de que, al fin, te largabas de mi casa. Y de mi vida. Una mentira más antes de clavarme la estaca final.

40

Nueva York, 1999

Faltan cinco días para la Noche de Fin de Año

—¿Y ya está? ¿Así de fácil? ¿No has vuelto a saber nada de él? —se inquietó Jared, sirviéndome una copa de vino en la cocina de su apartamento. Se desanudó la corbata, se quitó la americana, el blanco de la camisa resaltaba su piel y a mí me encantaba resguardarme en su pecho.

—Sí, así de fácil. Y no, no ha vuelto a Lamber ni me ha llamado. Martha me ha preguntado mil veces por Aidan, porque ha cancelado las dos últimas presentaciones que tenía antes de Fin de Año y ya no sé qué decirle.

—¿Y cómo vas a hacerlo?

—La Noche de Fin de Año —tramé—. Lamber organiza una fiesta en un pisazo de Nueva York. Lauren me ha dicho que Aidan ha confirmado su asistencia. Subiré a la azotea. Sola. Lo esperaré. Vendrá, estoy segura. ¿Es posible que puedas organizar un operativo? Esperar junto a compañeros en el interior de una furgoneta aparcada en la calle con el logo de una floristería, o algo así, ponerme un micro, escuchar, intervenir si intuyes algún tipo de peligro…

—Eve, esto no es una película, no es tan fácil. ¿Con qué pruebas organizo un operativo de ese calibre? Es Aidan Walsh, el autor del momento, joder —se frustró, pasándose la mano por la cara—. ¿Quién va a pensar que es un puto asesino?

—Vale. —Me acerqué a él y apoyé la cabeza en su hombro—. Vale, no pasa nada, solo… solo prométeme que estarás cerca, ¿sí? Llevaré una grabadora, ya me apañaré.

Así que estaba en lo cierto.

Llevas una grabadora.

No. Mira mis bolsillos.

¿Ves? Están vacíos.

No hay grabadora.

Lo has jodido todo, Aidan.

—No sé si es buena idea, Eve. La carta que dejó su madre no tiene ninguna validez legal aquí, aunque tiene que haber otra forma de demostrar que Aidan está implicado en todos los crímenes. Pero así no. No te expongas, no quiero que corras ningún riesgo.

Jared, protector como había sido siempre conmigo, intentó disuadirme hasta que lo callé con un beso en la boca. Esa boca...

¿Qué haríamos, qué diríamos, cómo actuaríamos, si supiéramos que estamos viviendo los últimos instantes que nos quedan con la persona a la que más queremos? ¿Seríamos distintos? ¿El llanto que nos provocaría ser conocedores del futuro inmediato no nos permitiría comportarnos con normalidad? Quizá sea mejor no saber. Vivir en la ignorancia y padecer la condena después. O quizá sí sea algo positivo. Porque haríamos lo que nos viniera en gana. Cualquier cosa, lo que sea. Aprovecharíamos mejor el momento y no nos quedaría nada por decir ni por hacer. Lo diríamos y lo haríamos todo. Sin miedo. Sin quedarnos con las ganas. No habría nada de lo que arrepentirnos, ningún asunto pendiente que nos atormentara después, cuando ya es tarde.

41

Nueva York, 1999
Faltan tres días para la Noche de Fin de Año

El mundo se ha vuelto loco.

«¿Qué nos deparará el siglo XXI?», era la pregunta más recurrente en televisión, en radio, en prensa, en cualquier bar. El miedo al efecto 2000, al fin del mundo, a que todo lo que conocemos termine, y lo haga de la peor de las maneras. Yo perdí el miedo a todo tres días antes de dar la bienvenida al nuevo siglo. Qué ingenua. Hasta hace solo tres días, creía que podría destruirte y ser feliz.

Estaba en Lamber, con cinco manuscritos encima

de mi escritorio y la necesidad imperiosa de escapar de mi campana de cristal. Por eso llamé a Jared. Me apetecía ir a almorzar con él. No contestó a mis cuatro llamadas. No llegaría a contestar nunca, pero qué iba a saber yo. Esperé a que me llamara, tal vez estaba ocupado… Pero eran las siete de la tarde, llegué a casa, seguí llamándolo y nada… Nada. Me subí a un taxi y me acerqué a su apartamento; ya debería de haber llegado, pensé. Llamé al timbre una, dos, tres veces… Una vecina me abrió la puerta. Subí al rellano, seguí insistiendo. Me quedé sentada junto a la puerta de su apartamento, con la espalda apoyada en la pared esperando a que viniera, hasta que a las diez y media de la noche el nombre de Jared centelleó en la pantalla de mi móvil. Sonreí aliviada. Descolgué la llamada.

—Jared, te estoy esperando en…

—Señorita, no soy Jared. La llamo porque he visto que había varias llamadas perdidas desde este número y tengo que comunicarle que… —interceptó otra voz, una voz masculina y desconocida que hablaba con gravedad y que me daría la peor de las noticias.

Todo se fundió a negro. Igual que el día en el que me enteré de la muerte de Amy, un agujero se abrió bajo mis pies. Una agujero del que sé que no voy a poder escapar.

Lo hiciste a plena luz del día, en un callejón sin salida y sin testigos que hay detrás de comisaría, al que Jared fue para realizar una llamada con tranquilidad. Ibas vestido con esa sudadera con capucha que parece hacerte invisible. Disparaste con un arma comprada en el mercado negro por la espalda, como el cobarde que eres, porque de cara y contra Jared no habrías tenido ninguna posibilidad. Hasta que todo se precipitó cuando sentiste una presencia detrás de ti, la de un inofensivo mendigo. No lo mataste. Habiendo tantos policías cerca, tenías prisa, ¿no? Tenías que huir. Sin embargo, pensaste que ese hombre iba tan borracho, que en aquel momento habría sido capaz de describirte con un ojo en la frente. No te dio tiempo a nada más, pero fue suficiente para destrozarme. Y ahora estamos aquí. Los dos solos. Atrapados. Sin testigos. La historia ha llegado a su fin, aunque nadie la llegue a conocer nunca.

Tictac.

Tictac.

El tiempo se agota.

¿Pero para quién, Aidan?

¿Para ti o para mí?

340

42

Nueva York
La vida sigue en el siglo XXI

Le prometí a tu madre que cazaría al demonio, Aidan. Y yo siempre intento cumplir mis promesas, lo sabes mejor que nadie. Te prometí las estrellas y las alcanzaste. Mientras el mundo ahí fuera celebra la llegada de este nuevo año 2000 que nunca conocerás, tu rostro adquiere el color de la grana y no puedes hablar. A lo lejos se oyen gritos, vítores y canciones consideradas del siglo pasado. Nueva York, como si fuera ajena a las desgracias de sus habitantes, brilla. Celebra. Vive. El cielo nocturno que ya no puedes ver se inunda de fuegos artificiales.

Bum. Bum. Bum.

¿Qué pasa? ¿Qué sientes?

Parece que la mandíbula se te vaya a descolgar. Te llevas las manos a la tripa, lo normal. Morir envenenado debe de ser un tormento. Las rodillas te flaquean, caes al suelo. Te retuerces de dolor. Emites un par de jadeos de pura frustración hasta que no te quedan fuerzas ni para eso. Duele. Duele mucho. Quieres que todo termine, ¿a que sí? Es una muerte lenta y dolorosa, el veneno ha tardado en hacer su efecto, ojalá pudieras decirme cuál es, por si algún día lo necesito, pero calma... Shhh... Calma... Unos segundos más y todo habrá acabado. Tu interior arde, te da la sensación de que las venas van a estallar, hasta que los latidos se ralentizan y tu corazón se detiene. La vida que nunca mereciste te abandona.

Por tu padre.

Por Jamie y Aíne.

Por Scott.

Por Amy.

Por Liam y Beatrice.

Por Clarissa.

Por Maira.

Por tu madre.

Y por Jared.

Nunca le des la espalda a una copa de vino envenenada, Aidan.

Flashback

Mismo sitio, tres horas antes

«—Eve, yo nunca… —empieza a decir Aidan, con ese encanto infantil con el que lleva tiempo engañando a todos, dándole la espalda a Eve y cerrando los ojos. Eve [*aprovechando que Aidan le da la espalda intercambia las copas de vino con rapidez*] coge la copa de vino y le da un sorbo—. Nunca te prometí las estrellas».

Ahora

Te dejo atrás, Aidan.

Te dejo atrás sin ser capaz de mirarte por última vez convertido en cadáver, tu bonito caparazón libre al fin de tu alma nociva.

Extraigo la llave de la azotea del bolsillo de mis tejanos, le doy una patada a la barra metálica con la que te he hecho creer que mantenía la puerta abierta, y salgo.

Nunca estuvimos atrapados, Aidan.

Paso por delante del ático en el que se celebra la fiesta e ignoro a la multitud, que está tan borracha que no se percata de mi presencia, de mi cansancio y mis ojos llorosos.

Salgo a la calle ocultando mi rostro de las posibles cámaras de seguridad, gracias a la capucha de un chaquetón negro que no tardará en arder en la chimenea. Yo nunca he estado aquí. Nunca acepté la invitación a la fiesta de Fin de Año de Editorial Lamber.

Hoy es imposible detener un taxi. No hay ni uno libre. Así que camino por las calles ruidosas y atestadas de gente con pelucas, ropa estrafalaria, purpurina y tacones imposibles, mientras el cielo sigue estallando en colores.

Me siento ligera al saber que estás muerto, que hay un monstruo menos en el mundo, que tardarán días en encontrarte y que los barrenderos harán desaparecer en unas horas las dos copas de vino que han terminado en el asfalto hechas añicos como terminarán otras cientos de copas y botellas, trastadas de adultos en una de las madrugadas más locas del año.

Avanzo poco a poco, sin prisa, como quien no tiene un lugar al que ir ni horario que cumplir, y tardo lo que me parece una eternidad en llegar al hospital, ese otro mundo al que le damos la espalda en el día a día, porque no es una realidad agradable de ver.

Las puertas acristaladas se abren y me quedo un rato quieta, pensando, mirando a mi alrededor.

Hay tanta gente en la sala de espera…

Historias dramáticas ocultas entre estas paredes, que no se tienen en cuenta en una noche en la que se celebra un nuevo año, una nueva vida repleta de sueños, buenos propósitos y promesas. Promesas… Hay tantas promesas como gente en el mundo y a nadie de aquí le importa lo que pasa ahí fuera. Las risas, la música, el brillo de esta madrugada especial, no tienen cabida en un lugar en el que la vida y la muerte conviven cada segundo.

Subo hasta la tercera planta, de donde no me he movido durante estos tres días esperando a que Jared despierte del coma, aunque es posible que no despierte nunca. Que lo vea morir. Que vuelva a quedarme sola, y esta vez para siempre.

Al salir del ascensor, se me acerca una enfermera con un gorrito dorado en la cabeza. De algún modo, en los hospitales también se celebra Fin de Año, pienso, aunque estén llenos de miradas desoladas, rendidas.

Me sonríe. Me desea un buen año y solo soy capaz de devolverle la sonrisa cuando me da la mejor de las noticias:

—Jared ha despertado hace tres horas, Eve. Se pondrá bien. Está dolorido y un poco desorientado, pero lo primero que ha hecho al abrir los ojos ha sido preguntar por ti.

Empecé este libro como un impulso
orgánico: una necesidad primero.
Lo transité como un túnel tenue:
con miedo y voluntad.

ÓSCAR MARTÍNEZ,
Los muertos y el periodista

Escribir una sola palabra es encender
la lumbre del misterio.
Escribir más de una palabra
es un incendio.

JORGE DÍAZ

600 NOCHES DESPUÉS

Broadway, Nueva York
En la librería The Stand

Martes, 31 de julio de 2001

L as veinticinco personas del club de lectura clavan sus ojos desconcertados en la autora del libro que acaban de comentar, Eve Logan, exeditora de Editorial Lamber, con la que hace un mes ha publicado su primera y exitosa novela inspirada en hechos reales: *Noche de Fin de Año.*

—¿Y nunca encontraron el cadáver de Aidan

Walsh? —pregunta una mujer de aspecto solitario que a Eve le recuerda a Clarissa, una de las víctimas de Aidan.

—Esperé durante días, semanas y meses al tiempo que Jared se recuperaba, a que la prensa se hiciera eco de la muerte de Aidan. A que alguien subiera a la azotea y lo encontrara tirado, envenenado, muerto. Tal y como yo lo dejé. Porque lo vi morir, ¿no? Vi con mis propios ojos cómo se retorcía de dolor y la vida se le escapaba. Sin embargo, no había cadáver, como si Aidan jamás hubiera existido o como si aquella noche hubiera estado hablando con un fantasma. La conclusión a la que llegué, fue que ninguna de las dos copas de vino estaban envenenadas. Era una farsa, un truco de magia que no estaba previsto pero que yo misma le serví a Aidan en bandeja al comentárselo. Porque creí que sí, que Aidan me había dado la copa envenenada y yo la había cambiado por la suya cuando le dio la espalda. Y aun estando de espaldas, Aidan supo que había cambiado las copas porque no me fiaba de él. Quizá no fui tan rápida como creí. En el momento en que, en mitad de la conversación, le insinué que había envenenado mi copa, él esperó a que terminara de hablar e hizo lo que mejor se le daba: actuar.

—Fingió su propia muerte —cae en la cuenta una chica joven con el horror marcado en su rostro.

—Exacto. Fingió que estaba muerto y desapareció —confirma Eve, a quien le costó comprender que la intención de Aidan no era acabar con su vida, no aquella noche. Él solo quería disfrutar de su sufrimiento al creer que había matado a Jared.

—¿Y no te da miedo de que en cualquier momento aparezca? ¿De que busque venganza? —inquiere la librera, que pensaba quedarse los primeros cinco minutos de reunión y ha terminado enganchada a las preguntas de los lectores y, sobre todo, a las respuestas de la autora.

—Me da miedo de que siga actuando bajo la protección de otra identidad, algo bastante probable dada su maldad y la fortuna que consiguió con la venta de los libros que robó, que ha debido de ayudarle a mantener un buen nivel de vida, pero tengo la esperanza de que sea lejos de aquí. Lejos de mi familia y de mí.

Eve echa un vistazo a la calle a través de la ventana. La costumbre. Y entonces lo ve. Y sonríe. Sonríe porque nada malo le puede ocurrir. Porque ya va siendo hora de perder el miedo a que le suceda algo a ella o, peor aún, a Amy, su hija concebida en Irlanda, que a finales de agosto cumplirá un año.

La reunión del club de lectura llega a su fin. Eve dedica con amabilidad cada ejemplar de su libro que le dejan sobre la mesa, la popular «novela del verano» de 2001, y sale a la calle. Se ha hecho tarde, son las ocho y diez, supone que su hija ya se habrá quedado dormida, y en el cielo se atisban las primeras estrellas. La hora azul, la llaman, procedente de la expresión francesa *l'heure bleue*, cuando la luz residual del sol adquiere una tonalidad azul eléctrico y tiñe de ese color la parte del mundo que anochece.

Eve no detiene ningún taxi. Sabe lo que tiene que hacer, aunque para ello deba armarse de valor y contener la arcada que le provoca pensar en el posible encuentro. Aidan Walsh, la falsa estrella rutilante de las letras, más flaco y ojeroso que antaño, ya no es invisible. La sudadera con capucha ya no le sirve de nada, ha perdido su poder en el momento en que él ha perdido la cabeza.

La publicación de la novela de Eve no ha sido más que una provocación para cumplir la promesa que le hizo a Arlene: cazar al demonio. Y ha funcionado. Eve sabía que funcionaría.

Eve se detiene. Hace como que busca algo en el bolso. Y entonces ocurre. Su aliento en la nuca, provocador, su mano oprimiéndole la garganta, ansioso por terminar con Eve, su asunto pendiente.

—Nunca te vayas del escenario del crimen sin comprobar que tu víctima no tiene pulso —le susurra Aidan al oído.

Eve se libra de la mano áspera que aprieta su cuello y se gira. Su mirada se entrelaza con la de Aidan y le dedica una sonrisa triunfal. Cuando él, aturdido al no atisbar la más mínima señal de pánico en Eve, se da cuenta de que por culpa de su impulso y sus ganas de terminar con ella ha caído en una trampa, ya es tarde para oponer resistencia y huir.

Jared, que recientemente ha ascendido a teniente, aparece de la nada con tres agentes que esposan a Aidan Walsh, leyéndole sus derechos de camino al coche policial.

El mendigo que pidió ayuda y salvó a Jared de morir desangrado, reconoció a Aidan cuando se le pasó la borrachera. Y gracias a la precisa descripción de un testigo que llegó demasiado tarde, se sabe que Aidan también fue quien atacó y asesinó a Maira O'Connor.

La capucha de la sudadera con la que hoy lo detienen, no le concedió el poder de la invisibilidad en esas dos ocasiones.

Jared y Eve viven junto a su hija y un perro labrador llamado Marley en una bonita casa con jardín a las afueras de la ciudad, desde donde los atardeceres parecen más largos y las estrellas se presentan cada noche sin que la contaminación las enturbie.

La vida, ahora que Aidan está destinado a pudrirse en la cárcel, ya no les ahogará. Cuando Jared aparca en el camino de acceso, posa una mano en el muslo de Eve, que le sonríe con tristeza.

—Por fin, Jared. Verte a través del cristal, en la calle, esperando, siempre me tranquiliza.

Cuando Eve publicó la novela, vio a Aidan en una de sus primeras presentaciones. Y saltaron todas las alarmas, aunque también cabía la posibilidad de que fuera su imaginación, que le volvía a jugar una mala pasada, pues no era la primera vez que fabricaba la presencia de Aidan en cualquier desconocido. Pero estaba segura de que en esa ocasión era verdad. De que lo había visto sentado en la última fila ocultando sus inconfundibles rizos rubios con una gorra de los Lakers, y disfrazado con unas gafas gruesas de pasta que lo hacían parecer mayor y que en realidad no necesitaba. Salió de la librería antes de que terminara la presentación, como hizo en su momento la desdichada Maira. El miedo trepó por la columna de Eve como una culebra, a pesar de haber publicado la novela a propósito para atraerlo y cazarlo. El proceso ha sido duro, pero ahora tiene la sensación de que ha valido la pena, de que era necesario para dejar atrás la angustia con la que ha vivido durante este tiempo en el que el desconocimiento ha dado paso a muchas cosas: al miedo, a la inseguridad, a un estado de pánico y de ansiedad constante.

Cuando empezó a escribir la novela, Eve tuvo que revivir el trauma que supuso que un ser tan despreciable como Aidan se cruzara en su vida. Compartir momentos que habría preferido guardarse para sí misma o lanzar al olvido, también resultó bastante incómodo. Pero presintió que esa era la única forma de hacerlo regresar de entre los muertos y, si de paso ayudaba a alguna mujer a identificar los síntomas de una relación tóxica y a salir de ella, el valor de su historia se multiplicaría. Y no se equivocaba. Aidan regresó. En el fondo, puede que Eve lo conociera mejor de lo que pensaba. Porque también podemos conocer a alguien por sus silencios. Por lo que oculta, por sus secretos. Y sus mentiras.

—¿Crees que pagará por todos los crímenes que ha cometido? —le pregunta Eve a Jared antes de entrar en casa.

Marley, efusivo, salta encima de Jared, que lo saluda con una caricia en el lomo antes de contestar a la pregunta de su mujer:

—Va a ser complicado probarlos todos, Eve. Pero vamos a trabajar duro para que no vuelva a ser libre.

Eve inspira hondo y asiente pensando en Amy, que pese a no estar, sigue muy presente en su día a día. Charlotte, la niñera, les recibe con la pequeña Amy en brazos y gesto apurado.

—No hay manera de dormirla. Quiere a su mamá.

Eve sonríe. Es una sonrisa amplia y feliz. La niña extiende los bracitos hacia Eve, que coge a su niña en brazos, la arropa y le canta una nana mientras Jared acompaña a Charlotte a la puerta y se despiden. Al cabo de unos minutos, Amy se queda plácidamente dormida en brazos de su madre. Jared se acomoda en un sillón frente a ellas. La estampa es preciosa. Son una familia, una familia feliz que ya no le teme a la carga en la que a veces se convierte la vida.

—A lo mejor ha llegado el momento de darle un hermano a Amy, ¿no? —sugiere Jared esbozando una sonrisa.

—Sería increíble —asiente Eve sin despegar los ojos de su hija, como si de verdad los instantes felices que nos dan la paz pudieran conservarse en un frasquito de cristal.

NOTA DE LA AUTORA

Contiene spoilers y curiosidades
Leer al finalizar el libro

Barcelona
Viernes, 7 de octubre de 2022

Muchísimas gracias por tu tiempo y tu lectura. Espero que hayas disfrutado de este viaje en el que me gustaría contarte que me he permitido varias licencias como, por ejemplo, la de que parezca «fácil» una profesión en la que es dificilísimo destacar. Sí es cierto, y lo hemos visto en películas y series, que un libro con una gran estrategia comercial en los años 90, en Estados Unidos y de la mano de una gran casa editorial (Lamber no existe y nunca ha existido) puede alcanzar cotas de éxito como la que en esta ficción se ha retratado; sin embargo, en la actualidad no es lo habitual y menos con una primera novela. Las traducciones tampoco llegan tan rápido como le llegan a Aidan Walsh, a no ser que seas Joël Dicker, Stephen King o Isabel Allende, entre otros, y estén contratadas desde el principio, incluso antes de empezar a escribirse. En un caso como el de Aidan suelen tardar, como mínimo, un año.

Y ahora viene la parte en la que te cuento algunas curiosidades. Esta historia, mejor, peor, no sé qué te habrá parecido, pero yo la he disfrutado muchísimo, es distinta a mis anteriores novelas por lo que te cuento a continuación: si algo tenía muy claro desde el principio, es que la gracia no residía en descubrir quién es el asesino, sino en dejarse llevar por la voz de Eve e ir viendo adónde nos lleva. Ya, ya sé que suele gustar eso de adivinar «quién fue», «quién lo hizo», pero no era lo que me pedía esta historia, y es, probablemente, la novela en la que más libre me he sentido. Ha tenido diversos finales y hasta la fugaz idea de una segunda parte, pero si me conoces, ya sabrás que no soy muy dada a series ni bilogías o trilogías, aunque nunca digas nunca. Muchas de las cosas que ocurren no estaban planeadas al principio y el último capítulo iba a ser diferente, pero una se encariña de los personajes, de los buenos, y considero que el mal siempre debe tener su castigo. En la ficción y en la vida.

La idea de la historia de Eve y Aidan surgió la Noche de Fin de Año de 2021 hablando con J en la cocina. No bebo alcohol salvo en contadas ocasiones (no me gusta, aunque si me pones un mojito de fresa delante no digo que no) y el único vino que tolero es el de *El marido de mi amiga* que me dieron a conocer mis primas durante una cena veraniega en Salorino, un pueblo precioso de Cáceres. No sé si lo conoces o lo has probado (publicidad gratuita), pero es un vino blanco dulzón que entra muy bien. El caso es que, copa de vino en mano, saltó la chispa mientras J cocinaba unas gambas. Empezaron a asaltarme un montón de ideas y, al contárselas a J, era la primera vez que no me miraba como si estuviera chiflada y hasta participó haciéndome preguntas para que todo encajara y no quedara ni un solo cabo suelto. En fin, que parecía atraerle la primera lluvia de ideas de lo que me proponía escribir: novela corta, narrada en segunda persona, directa, ágil, Nueva York, azotea, años 90, editora y escritor, un inspector por medio que sería la expareja de la editora y que después de ver la serie *Manifest* no puede tener otra cara que la del actor J. R. Ramírez… Y, por supuesto, dos copas de vino, un elemento clave en esta historia con «final inesperado», esa frase promocional que está muy trillada y que tanto nos gusta usar a los autores de *thriller*.

La decisión de que estuviera ambientada en los años 90 y en la ciudad de los rascacielos, fue por la película que acababa de ver esa misma tarde, *Tick, Tick… Boom!*, protagonizada por Andrew Garfield y basada en el musical autobiográfico de Jonathan Larson (1960-1996), un aspirante a compositor de obras teatrales que trabajaba como camarero en Nueva York. Así que el genio Jonathan Larson, a quien le faltó vida para mostrar todo su talento al mundo, ha tenido bastante que ver en la ambientación de esta historia en la que el final parecía estar claro: Aidan moría envenenado en la azotea. No obstante, a medida que iba plasmando la historia en papel, todo cambió. Se transformó. Fluyó de una manera distinta a como la había pensado al principio. Y, al final, la trama ha resultado ser un pelín más retorcida y Aidan más malvado de lo que lo visualicé aquella Noche de Fin de Año de 2021. Era tal la insistencia de esta historia, como si ya hubiera cobrado vida aun sin escribirla, que tuve que dejar a medias otra en la que estaba trabajando. De esta experiencia he aprendido que todo tiene su momento. Que todo llega cuando tiene que llegar, aunque, a veces, de nosotros depende dar el primer paso. Que cuando una idea te asalta y algo te ilusiona (no me gusta la palabra «obsesión», pero he llegado a soñar con esa azotea, con esa noche, con Eve, con Aidan, con Jared y hasta con Irlanda) hay que trabajar duro para que se materialice. Y aquí estoy, escribiéndote después de todas las sensaciones que ojalá tú también hayas experimentado al leer *600 noches después*.

Me encantará ver tu opinión en Amazon, así que no dudes en contarle a otros lectores qué te ha parecido y compartir esta novela en tus redes sociales o, mejor aún, tomando ese café, vinito o cerveza que tienes pendiente con ese «alguien» especial a quien hace tiempo que no ves pero que recuerdas con una sonrisa, como Eve recordará siempre a Amy. No importa cuándo leas esto, lo significativo es: ¿quién ha sido la primera persona en la que has pensado? Quizá esta sugerencia sea una señal y ha llegado el momento de dar el paso. Que no haya nada, nunca, que nos deje con las ganas. Como decía Eva, mi querida protagonista de *Todos buscan a Nora Roy*: que la vida es un ratito, que la vida es un suspiro.

Nos vemos en los libros.

Y en redes sociales:

  @bylorenafranco

Made in United States
Orlando, FL
17 November 2024

53995784R00221